# 우아한지
# 어떤지
# 모르는

優雅なのかどうか、
わからない

YUUGANANOKA DOUKA WAKARANAI
by MATSUIE MASASHI



Original Japanese edition published in Tokyo, Japan
by MAGAZINE HOUSE

# 우아한지 어떤지 모르는

優雅なのかどうか、
わからない

마쓰이에 마사시
권영주 옮김

Matsuie Masashi

비채

# 우아한지 어떤지 모르는

優雅なのかどうか、
わからない

# 1

이혼을 했다.

십오 년 넘게 살았던 시부야 구 모토요요기 정町 아파트에서 나가는 사람은 아내가 아니라 내가 됐다.

버블 경기가 시작되기 전 지은 아파트, 삼층 남동향 집이었다. 입주 전 인테리어 공사를 해서 도배를 새로 하고 부엌, 욕실, 화장실 설비도 전부 새로 고치고, 양모 백 퍼센트 카펫을 깔았다. 흰 타일도 스테인레스도 갓 닦은 새것처럼 반짝거렸고, 방 네 개에 거실과 주방이 딸린 아파트는 구석구석에 이르기까지 마치 신축 같은 향기가 났다.

이사한 날 일은 지금도 똑똑히 기억한다. 4월 초치고는 선득

한 흐린 봄날이었다.

나와 아내는 그때 삼십대 초반으로, 인생이 어디로 갈지는 아직 밝은 안갯속, 미래에 대한 불안도 없고 이렇다 할 문제도 없었다. 건강했고 바깥에서 어쩌다 은근한 유혹을 받아도 부부 생활에 자극을 더해주는 양념 정도로 여기고 즐기는 여유마저 있었다.

이삿짐을 기다리는 동안 우리는 새 양모 냄새가 나는 카펫 위에 누워 싸늘한 공기를 뺨에 느끼며 오랜만에 긴 키스를 했다. 창 아래로 이웃 고급 주택의 손질이 잘 된 정원이 펼쳐져 있었다. 포켓치프 같은 하얀 목련을, 어깨를 맞대고 아무리 봐도 질리지 않았다.

새 가구도 속속 들어왔다.

아르플렉스에서 소파를, 야마기와에서 르클린트의 조명 기구를 구입했고, 노르딕폼에서 덴마크제 테이블과 의자, 캐비닛을 골랐다. 중고라도 1960년대 후반의 덴마크 빈티지 가구이다 보니 아르플렉스만큼 비쌌다.

인테리어 공사와 가구에 든 비용이 집을 구입할 때 든 중개수수료를 훌쩍 뛰어넘었다. 인테리어에 관심이 거의 없는 아내는 전부 내게 맡겼는데(가구와 조명은 모두 내 아멕스 카드로 샀으니 간섭받을 이유는 없지만), 얼마가 나갔는지 총액을 알고 어이없다는 표정을 지었다.

"그럴 거면 차라리 그때 포기한 기타아오야마 아파트를 사지. 가구는 살면서 차차 사면 되잖아. 자산 가치를 생각해도 여기보다 훨씬 나았는데. 아휴, 왜 그렇게 한꺼번에 하고 싶은 걸까."

국립대 경제학부 졸업, 금융기관 연구소 근무. 나보다 소득이 더 많은 아내는 팔짱을 끼고 불만을 표시했다.

가방이나 코트, 하이힐은 어떻고? 라고 생각했지만 말은 하지 않았다. 지금은 당분간 머리를 낮추고 아내의 공격이 끝나기를 기다리는 게 상책일 것이다. 어쨌거나 이미 늦었다. 집은 이렇게 됐다. 나는 속으로 승리를 선언하고 아내의 역정이 가라앉기를 기다리기로 했다.

나고 자란 집을 떠난다는 것에 강한 난색을 표했던 외아들은 다행히 초등학교에 입학하는 타이밍에 이사한 덕에 언제 걱정했느냐는 듯 새 환경에 적응했다. 똑똑하고 성격이 순해 보이는 친구들도 생겼다. 이내 부모들 관계도 시작됐다. 학원이니 레슨이니 바자니, 어머니들의 지칠 줄 모르는 정보 교환도 빈번히 있게 됐다.

예금 잔고가 바닥나기 직전이었지만 다니던 출판사의 급여는 아직 해마다 인상되고 있었다. 보너스는 연 십사 개월 치. 이 년만 버티면 볼보 스테이션왜건 정도는 현금으로 살 수 있었다. 무서운 시대다, 1990년대. 단 그것도 그 무렵까지였다. 그 뒤 내내 내리막길을 걷는데, 그 사실을 깨달으려면 아직 더 있어야 했다.

가을이 깊어지면 로열 코펜하겐의 이어 플레이트를 사러 갔다. 같은 디자인의 접시를 여러 개 꺼내달라고 해서 발색이 더 잘된 것, 고르게 구워진 것을 감정사 같은 얼굴로 골랐다. 이어 플레이트를 장식한 흰 벽 아래 작은 장작 난로를 놓고 불을 때는 모습도 상상해봤지만, 아파트 벽에 구멍을 내서 연통을 달 수도 없는 노릇이다. 그런 비현실적인 꿈을 철저한 현실주의자인 아내와 공유할 수 있을 리 없으니 하나부터 열까지 전부 만족스럽지는 않았다. 그래도 친구가 놀러와서 집을 보고 찬탄을 보내면, 아내에게 슬쩍 곁눈질을 하고 겉으로는 겸손한 척하면서도 차마 눈 뜨고 볼 수 없을 만큼 흐뭇한 표정을 지었을 게 틀림없다. 하여간…… 부끄러운 인생이다.

지금 생각하면 당시는 그저 인생의 입구에서 얼쩡거린 것에 불과했다. 그런데도 자신에게는 이제 부족한 게 아무것도 없다는 생각까지 드는 순간이 분명하게 있었다.

물론 얄팍한 착각이었다.

이혼을 둘러싼 분란이 계속되는 가운데 그나마 다행이었던 것은 아들이 유학중이라는 사실이었다. 교통비며 접대비, 자료 구입비를 정산하는 것조차 어려워하는 내 약점을 눈곱만큼도 물려받지 않고 아내의 거푸집에서 고대로 쏙 빠져나온 듯한 아들은 미국에서 MBA를 따려고 경영학을 공부하고 있었다.

MBA라는 말을 듣고 "메이저리그에 가겠다고?"라는 말이 입에서 나오기 직전에 눈앞의 컴퓨터로 검색해서 수치를 모면한 수준의 아버지는, 아들에게 이혼을 알릴 때도 먼저 메일을 보내고 그다음 날 전화를 거는 수순을 밟았다. 아들의 태도는 담담했다. 유학중인 미국 서부 연안의 물이 몸에 맞는지, MBA를 취득하고 나서도 귀국할 생각은 없으니까 자신은 일단 문제없다고 했다. 매사에 냉담한 것까지 제 어머니를 닮은 아들은 내심 어떻게 생각하든 간에 감상적인 말을 하지도, 어느 쪽 편을 들려 하지도 않았다. 태평양 바다 밑을 지나는 해저 케이블을 통해 '어이구야' 하는 기색만은 감출 길 없었지만, 그 뒤로도 '나는 모르는 일이다' 하는 태도로 일관해준 것은 정말이지 고마운 일이었다. 바다 저편을 향해 몇 번을 가만히 머리 숙였는지 모른다.

일본을 떠날 때도 아들은 가공할 정리 정돈 능력을 발휘했다. 자기 물건의 태반을 친구들에게 주고 필요 없는 것은 아낌없이 처분했다. 원래도 책, 잡지, 시디 모두 구립 도서관과 대여점을 활용했고 어지간하면 사지 않았다. 책상 위는 언제 봐도 깨끗했고 책꽂이에 꽂힌 책도 일정량 이상 늘지 않았다. 차를 갖고 싶어하지도 않고, 언제나 티셔츠에 후드티에 청바지 차림으로 양복은 필요 없다고 했다. 패션에 관해서만은 제 어머니의 빈틈없는 스타일을 배우지 않은 모양이다. 외할아버지 장례식 때조차 친구에게 검은 옷을 빌려 입고 끝냈다. 좌우지간 물욕의 눈금이 어처구니없을 만큼 제로에 가깝다.

아들이 떠나고 난 뒤 방에 남은 것은 흠집 하나 없는 책상, 의자, 침대, 그리고 제 어머니가 액자에 넣어준 상장 세 개. 그게 다였다. 사춘기 남자애 특유의 냄새도 전혀 없었다. 방을 들여다볼 때마다 아들은 이미 세상 어디에도 없는 게 아닐까 하는 불안감이 들었다. 걱정돼서 메일을 보내면 근황을 간결하게 알리는 답신이 한나절 만에 왔다.

지금 생각하면 아들은 이렇게 될 줄 예측하고 있었던 게 아닐까. 자랑은 아니지만 주먹 한 번 든 적이 없었다. 사춘기에 말수가 적어진 적은 있어도 이를 사납게 드러내는 것 같은 반항은 하지 않았다. 과잉 방어로 보이기도 할 만큼 뒷마무리가 깔끔한 것은 우리가 키운 방식이나 부부 관계가 원인은 아닐까. 텅 빈 아들 방을 보며 어쩌면 이십 년 넘는 세월 동안 돌이킬 수 없는 일을 했을지도 모르겠다고 생각하면 갑자기 가슴 언저리가 답답해졌다.

아니, 그게 아니다. 아들은 그저 제 아버지보다 훨씬 어른인 것이다.

감상에 젖어 있을 겨를은 없었다. 아파트에서 나가야 하는 사람은 나다. 아내와 합의한 두 달 내로 새 집을 찾아야 한다.

새로 시작할 혼자만의 생활에 대해 비교적 명확한 이미지가 있었다.

자연림이 남아 있는 공원이 근처에 있을 것. 잔디밭이 환하게 펼쳐진 공원이 아니라, 나이를 많이 먹은 거목이 우뚝 솟았고 놀이기구 따위 없는 살풍경한 공원이 좋겠다. 그리고 인테리어 공사를 새로 할 수 있는 오래된 단독주택일 것. 헤어진 아내가 들으면 뭐 하러 그런 짓을 하느냐며 당장 얼굴을 찡그릴 듯한 계획이다.

기한 내에 이 두 가지 조건을 만족시키는 물건을 찾기는, 눈보라 휘몰아치는 남극대륙 한복판에서 혀를 델 것 같은 양파 그라탱 수프를 먹겠다는 것이나 다름없었다.

부동산을 열 군데 이상 돈 끝에 도내에서 찾는 것은 이제 포기

할 수밖에 없나 하고 마음이 약해지려 했을 때, 오랫동안 알고 지낸 몇 살 아래의 카메라맨 후지시로 다쿠야에게서 전화가 왔다.

"상당히 만만치 않다는 것 같지만, 집주인 할머니 뜻에만 맞으면 바라던 단독주택으로 이사할 수 있을 것 같은데요."

"만만치 않다니, 할머니하고 같이 살기라도 하는 거야?"

"하하하하, 그러고 싶으시면 그러시고요. 그런데 안타깝지만 할머니는 아들 부부가 불러서 내달에 미국으로 이주하게 된 모양이에요."

할머니까지 미국인가.

"집도 땅도 처분하라고 주위에서 아무리 말해도 오랫동안 살았던 집을 남겨두고 싶다는군요. 게다가 이 집의 가치를 알아주는 사람한테만 세 주겠다고 우기면서 부동산엔 내놓지 않으려고 한다나요."

"어떻게 그런 집을 알았어?"

"미국에 사는 할머니 아들 부부의 친한 친구가 저희 아버지 모터사이클 친구라서요."

모터사이클 동호인이 가족이나 다름없이 친하게 지내는 것은 만국 공통의 진리다. 모터사이클 공동체의, 국경을 초월하는 인연인가.

"집의 가치라고 말하는 걸 보면…… 낡았군?"

"낡았죠. 쇼와 33년(1958)에 지었다니까 오십 년 더 됐습니다. 이층 목조 주택이고요. 이노카시라 공원에 면했답니다."

카메라맨의 아버지를 통해서 바로 연락을 부탁해 사흘 뒤 그 집을 찾아갔다.

나는 노인의 이야기를 듣는 게 좋다.

일 관계로 인터뷰한 노인은 무수히 많다. 소설가, 철학자, 피아노 조율사, 요리 연구가, 조각가, 양조 장인, 조산사, 성서 연구가, 외과의, 전당업자 등등. 일부를 제외하면 경험의 총량과 이야기의 재미는 비례한다. 정년을 앞둔 점잖은 남자 아나운서의 진행으로 사락사락 내리는 눈 같은 노인의 이야기를 듣는 라디오 프로그램이 있다면 나 같으면 분명히 듣는다. 금세 잠이 들지도 모르지만 그건 그것대로 좋다.

토요일 아침 일찍 일어나(아내는 물론 없었다. 내가 나갈 때까지 도도로키에 있는 친정으로 일시 피난 갔다) 개점 시간에 맞춰 신주쿠 이세탄 백화점으로 가서 지하 '오이마쓰'에서 교토에서 갓 도착한 생과자를 사고는 주오 선을 타고 할머니 집으로 찾아갔다.

기치조지 역에서 도보로 약 십오 분.

마음속에 그리던 단독주택에 한없이 가까운 집이었다. 키가 깜짝 놀라게 큰 잡목림에 무사시노의 모습이 남아 있고 관리는 잘 되어 있는데 벤치조차 몇 개 없는 무뚝뚝한 공원, 그중에서도 눈에 잘 띄지 않는 구역을 면한 위치에 있었다.

녹슨 대문을 지탱하는 문설주에 필갑만 한 크기로 움푹 팬 자리가 있었다. 가장자리에는 벨벳 같은 이끼가 꼈다. 문패를 뗐을까, 도둑맞은 걸까. 현관 앞에는 실수로 착륙한 미확인 비행 물체처럼 반달 어묵 모양의 알루미늄제 우편함이 서 있었다. 이 오래된 집의 분위기에 의외로 어색하지 않게 잘 어울렸다. 알파벳으로 쓴 성명은 떨어져 나가고 없었지만 글자의 윤곽이 남아 있어 누가 봐도 SONODA라고 알 수 있었다.

목조 현관문은 짙은 갈색 페인트로 칠했다. 손잡이는 해마처럼 생긴 주물이다. 오랜 세월에 휘고 뒤틀렸을 듯한 모습이었다. 한겨울이면 틈새기로 북풍이 불어들 게 틀림없다. 위를 올려다보니 왼쪽에 보이는 이층 창문의 나무 창틀은 커피색 페인트가 갈라지고 군데군데 벗겨졌다.

창틀에 끼워져 있는 것은 뒤틀린 옛날식 판유리다. 반세기나 이 얇은 유리로 비바람을 막아왔다는 말인가. 바람이 강한 날이면 시끄럽게 덜컹거릴 것이다. 모래먼지도 들어올 것이다. 단열

효과도 없는 것이나 다름없다. 창 너머 커튼은 감이 묵직해 보이는 데다 방 안에 얌전한 코끼리가 우두커니 서 있는 것처럼 애수가 감도는 회색이었다.

약속 시간까지 오 분 남았기에 예의를 차리면서도 노골적인 시선을 현관 앞에서 이곳저곳에 던지는데, 회갈색 줄무늬 고양이가 어디선가 훌쩍 나타났다.

"카…… 카카."

울음소리가 생각처럼 나지 않는 모양이다. 야옹 하고 울지 않는 회갈색 줄무늬 고양이는 멈춰 서더니 나를 똑똑히 올려다보았다. 귀엽게 생겼다. 새끼는 아니지만 아직 어려 보였다.

쭈그리고 앉아 조심조심 손가락을 내밀자 고양이는 코를 옴찔거리며 쉰 목소리로 또 울었다. 그러고는 오야석오야 지방에서 채굴되는 녹색 응회암을 깐 통로에 느닷없이 발랑 눕더니 돌에 등을 비비며 머리를 거꾸로 한 채 나를 슬쩍 보았다. 나도 모르게 웃었다.

몸을 일으킨 고양이는 거침없이 다가와 내 오른 다리와 왼 다리 측면에 몸을 비비기 시작했다. 왔다 갔다 하는 뒷모습을 보고 알았다. 암컷이다. 이번에는 "햑, 햑" 하고 울었다.

내게서 조금 떨어진 고양이는 산울타리 밑에 난 바위취 앞에 앉더니 나와 시선을 맞추지 않은 채 이번에는 제자리걸음을 하듯 앞다리를 들었다 놨다 하기 시작했다.

"뭐 해?" 하고 물으며 쭈그리고 앉아 얼굴을 들여다보았다.

골골골골.

고양이는 제자리걸음을 하며 명상하는 표정으로 목을 골골거렸다.

시계를 보자 딱 2시였다.

"그럼 또 보자."

현관 왼쪽 벽에 낡은 초인종이 있었다. 그 바로 밑에 붙인 엽서를 사분의 일로 자른 듯한 종이에 유성펜으로 주의사항이 쓰여 있었다.

소리 안 나요. 문을 노크해
주세요. 방문 판매는 사절.

달필이었다. 오 년, 십 년 비바람을 맞고 볕에 바래 먼지를 쓰고 구깃구깃해진 종이는 당장이라도 떨어질 듯했다.

무거운 문을 다소 세게 노크하고 잠시 기다렸다. 고양이는 제자리걸음을 그만두고 내 앞으로 와서 문을 올려다보며 앉아 있었다. 둘이서 주인님을 기다리는 구도다. 아직도 골골거리고 있다. 숨을 참는 것은 나쁜이다.

문 안에서 희미하게 기침 소리가 두 번, 이어서 목소리가 들려왔다.

"들어오세요. 열려 있어요."

문을 열자 정면 마루 끝에 노부인이 서 있었다. 할머니라는 느낌의 허리가 아니다. 몸을 바르게 편 자세로 나를 보고, 고양이를 보았다.

"후미, 넌 안 돼, 들어오면…… 들어오세요."

고양이는 "히야…… 히야……" 하고 두 번 울더니 몸을 빙글 돌려 현관 옆 산울타리 쪽으로 걷기 시작했다.

'후미'라. 좋은 이름이다.

흰 셔츠에 회색 카디건을 걸치고 주름이 없이 일자로 떨어지는 적자색 치마에 회색 모헤어 양말을 신은 소노다 씨는 방긋 웃었다. 검은 머리건 회색 머리건 한 올도 없을 것처럼 완벽한 백발을 경단처럼 동글게 틀어 올렸다.

현관에서 복도, 계단에 이르기까지 칙칙한 느낌의 연갈색 카펫이 물결을 이루며 깔려 있었다. 벨벳이 닳은 슬리퍼를 신고 그 위를 걸으니 광대한 카펫의 황야에 사는 무수한 진드기가 일제히 우왕좌왕하는 모습이 눈에 보이는 듯했다. 즉시 코가 근질거렸다.

오래된 집 특유의 간장과 된장, 장아찌가 뒤섞인, 습기 있는 냄새가 어디선가 풍겼다. 피아노와 오디오, 헌 책꽂이에서 풍기는 나무와 쇠가 뒤섞인 건조한 냄새도 났다. 흰 벽도 창유리도 한동안 청소를 안 했는지 때가 거무스름하게 탔다.

노부인이 안내한 휑뎅그렁한 방에는 정물화 두 점이 걸려 있었다.

원목 나무 탁자 위에 문구용품이 놓인 그림. 대나무로 만든 30센티미터 자, 연필, 빨간색과 파란색이 반반씩 있는 색연필, 지우개, 플라스틱 삼각자, 그리고 커다란 주사위가 두 개. 그 그림이 걸린 벽에는 묘하게 큰 벽난로가 있었다. 일상적으로 불을 때는 것처럼 보이지는 않았다. 내화벽돌도 깔지 않고 콘크리트가 그냥 노출된 바닥에 재 하나 떨어져 있지 않았다. 장작도 보이지 않았다. 실제로 사용할 수 있을까. 현관 앞에서는 굴뚝이 보이지 않았으니 이제 못 쓸지도 모른다.

골이 거의 닳아 없어졌고 색도 바랜 낡아빠진 코듀로이 소파에 앉았다. 정면에 보이는 벽 중앙에 또 한 점의 정물화가 걸려 있었다. 옛날 병원에서 보던 것 같은 흰 찬장 안에 가죽 장갑과 검은 쌍안경, 빨간 피리 같은 게 놓여 있다. 어디라고 집어 말할 수는 없지만 좀 특이한 그림이다. 둘 다 같은 화가가 그린 게 틀림없다.

소노다 씨가 이것저것 쟁반에 받쳐들고 살살 들어왔다.

"**주신** 건데 미안하지만 당신이 들겠어요? 난 단팥을 못 먹거든요. 아깝잖아요."

칠기 앞접시에서 '오이마쓰'의 생과자 세 개가 본의가 아니라는 듯, 그리고 비좁다는 듯 서로 밀치락달치락하고 있었다. 자기 접시에는 김말이 과자 몇 개를 드문드문 올려놓은 소노다 씨는 내 시선이 향한 곳을 보고 선선하게 말했다.

"이상한 그림이죠? 남편 친구인 무명 화가가 그렸답니다. 그 사람, 부인하고 헤어지고 얼마 안 돼서 자살해서요, 유품으로 받았어요. 어때요? 원한다면 그냥 두고 가고요."

소노다 씨는 사기 술잔처럼 조그만 찻잔에 이 또한 조그만 찻주전자로 차를 따르며 말했다. 느닷없이 '자살'이라니.

"이혼했다죠?"

"네."

나는 황급히 차를 마셨다. 달고 맛있다.

"혼자 사는 거 쉽지 않아요."

"네에."

"쓸쓸하거든. 마음은 편하지만." 소노다 씨는 쿡 웃고 말을 이었다. "애니웨이, 웰컴 투 아워 킹덤 어브 소로."

이번에는 갑자기 영국식 영어다. 소로? Sorrow인가. 슬픔의 왕국? 아니면 불행의 왕국? 그럼 이 사람은 허 매저스티, 여왕 폐하인가.

소노다 씨는 명백히 별난 사람이었다. 하지만 자신의 집에 관한 의향은 아주 잘 이해할 수 있었다.

난 이제 나이도 나이니까 미국으로 이주하면 이 집으로 돌아올 수 없어요. 그래도 무너지거나 불타지 않고 이 집이 이곳에 무사히 있다고 미국에서 상상하고 싶어요. 섬뜩한 이야기라고 생각하지 말면 좋겠는데, 집에는 혼이 깃들거든요. 그러니까 손쉽게 허물거나 하면 후환이 두려운 거예요. 소노다 씨는 그렇게 말했다.

욕실, 부엌 등을 고친다든지 창틀을 교체한다든지 바닥 난방으로 바꿔도 된다. 벽난로에 구멍을 뚫어 석유 팬히터를 설치해도 상관없다. 단 이 집의 형태만은 보존하면 좋겠다.

보증금은 없고 세는 파격적이라고 해도 될 액수였다. 대신 이 년분을 미리 낼 것. 화재보험에 가입할 것. 반상회는 무의미한 회람판이 올 뿐이니까 들어갈 필요 없음. 단 쓰레기를 버리는 요일은 정확하게 지킬 것. 최소한 일 년에 한 번, 가능하면 두 번은 업자를 불러다 정원을 손질할 것. 가을에는 꼬박꼬박 낙엽을 쓸 것.

"아, 그리고 잊어버릴 뻔했는데 당신, 고양이는 괜찮아요?"

"네, 좋아합니다. 동물은 다 좋아하죠."

"다행이네요. 아까 현관에 있던 고양이, 후미라고 하는데, 아침저녁으로 기억나면 먹이를 주면 좋겠어요. 물은 매일 갈아줄 수 있어요?"

"네."

"길고양이라서 이 동네에 몇 집 더 리스크 헤지를 하는 모양이에요."

영어가 모국어 같은 발음이다.

"그러니까 아마 깜박해도 괜찮을 거예요. 좌우지간 착한 고양이랍니다. 곁에 누가 있기만 해도 골골거리죠. 아까도 땅바닥으로 메이크 브레드 했죠?"

"메이크 브레드?"

"네, 밀가루처럼 말이죠. 다른 고양이들도 기분 좋을 때 곧잘 하지만, 땅바닥까지 반죽하는 건 후미가 처음이지 뭐예요. 새끼 때 아주 일찍 엄마랑 떨어졌나? 좀 가엾을 정도로 응석쟁이랍니다."

그렇군. 후미가 앞발을 들었다 놨다 하는 것은 어미 젖을 주무르며 빨던 기억이 되살아나서인가. 그렇다면 사자나 치타도 사바나에서 메이크 브레드를 할까. 그럼 여자 가슴을 좋아하는 남자는…… 점점 확대되는 연상을 소노다 씨 목소리가 가로막았다.

"적어도 당분간은 당신도 혼자 지낼 텐데 후미가 있으면 마침 잘됐죠."

소노다 씨는 그렇게 말하며 후후후 웃었다. 근질거리는 코는 이미 콧물을 쏟을 듯한 단계로 돌입해 있었다. 손수건을 꺼낼 틈도 없이 크게 재채기했다.

# 2

인생 네 번째 이사다.

입사 이 년째 되는 봄, 네리마 구에 있는 부모님 집에서 독립했다. 고지 정에 위치한 회사까지 걸어서 이십 분, 요쓰야에 있는 철골 이층 연립주택의 방 하나에 식당과 부엌이 딸린 집에서 살았다. 혼자 살았고 가구와 가전제품은 새로 샀기 때문에 이사 업체를 부를 것까지도 없었다. 방에 있던 책과 레코드를 일단 절반쯤 꺼내 상자에 담아서 시빅에 싣고 세 차례 왕복한 것으로 이사가 완료됐다.

결혼해서 처음 세 든 집은 오기쿠보에 있는 방 두 개에 거실과 식당이 있는 아파트였다. 신혼은 제로에서 시작하는 작은 생활, 같은 말은 아무도 안 했을지 모르지만 만에 하나 그런 이미지를 갖고 있는 사람이 있다면 결단코 아니라고 충고하겠다.

결혼은 친척을 두 배로 늘리고, 짐을 두 배로 늘리고, 싸움을 네 배로 늘린다.

아내의 옷차림은 늘 봐서 익숙했을 텐데도, 막상 이삿짐을 풀어 대량의 여자 옷과 가방과 신발이 나타나자 시골 쥐가 된 기분이 들었다. 내 이름이 쓰인 상자는 열어도, 열어도 책과 엘피와 시디뿐. 아내의 미간에 주름이 깊게 잡혔다.

협의 결과 아내는 드레스룸을 점령하고 나는 현관 옆 한 평짜리 북향 방을 특별 자치구로 얻었다. 책과 레코드와 시디는 사용 중일 때만 거실에 들여놓고 끝나는 대로 바로 치울 것이며, 방이 꽉 차서 거실에까지 나올 경우 신속하게 처분하겠다는 조건부 승인이었다.

편집자니까 책은 직업과 관련된 도구라고 말해도 아내는 도서관 있잖아, 도서관, 이라고 반박했다. 당신 옷은 어떠냐고 지적할 틈도 없이 원피스도 코트도 신발도 가방도 책이랑은 다르단 말이야, 올해 안 사면 내년은 없는걸, 평생 한 번뿐인 만남이라고! 하고 아내가 선제공격을 가했다. 고소득자인 아내가 자기 돈으로 산다는데 무슨 말을 할 수 있겠나. 아내 뒤를 지키는 옷장은 충성을 맹세한 병사처럼 흐트러짐 없이 정렬하고 자신의 차례가 오기를 기다리고 있었다. 밟히면 찔릴 것 같은 핀힐. 퇴각하는 수밖에 없다.

시간이 모든 것을 해결해주지는 않는다. 시간이 지날수록 더욱 심각해진 것은 내 책꽂이 및 그 주변에 증식하는 책이었다. 이혼하고 이제 나오게 된 모토요요기 정의 아파트는 세 번째로 이사한 집인데, 이곳에서 십오 년이나 되는 세월이 흘렀다. 정글이 된 두 평 크기의 서고는 어디서부터 손을 대야 하나 생각만 해도 의욕이 없어지고 온몸이 무거워졌다. 굽 높이 9센티미터의 하이힐을 신은 아내 목소리가 저 높이 상공에서 얼음장처럼 차갑게, 무자비하게 내려왔다. "그러게 내가 뭐랬어."

당연히 책꽂이의 책은 전부 이중으로 꽂혀 있다. 뒤에 있는 책은 보이지 않으니 분명히 있을 책이 걸핏하면 행방불명되는 바람에, 아내에게는 시침 뚝 떼고 똑같은 책을 또 샀다. 하지만 그런 나쁜 짓은 물론 들키게 돼 있다. 도대체가 책의 형태가 문제다. 네모나고, 쌓기 편하고, 게다가 썩지 않는다. 임시로 한 권을 책 탑 위에 대충 올려놓는다. 이게 그 뒤의 행방불명과 붕괴로 이어진다.

가구도 가전제품도 모두 두고 나가기로 돼 있었다. 가져가는 것은 서고에 있는 물건들과 오디오뿐. 아들도 없는데 방 네 개짜리 아파트에 아내가 혼자 계속 살지는 대단히 의문이다. 아내는 팔거나 말거나 내가 결정할 테니까 당신은 상관하지 말라고 말했다. 변호사 친구는 왜 그렇게 사람이 좋으냐, 북유럽인지 뭔지 하는 비싼 가구는 네가 사들이지 않았나, 집을 주기로 했으면 가구를 갖는 것쯤은 문제도 아닌데 분명하게 말하면 되지 않느냐, 라며 어이없다는 표정을 지었다.

하지만 애초에 잘못은 내 쪽에 있다. 아니, 그보다 앞으로 살게 될 낡은 일본 가옥에 오랫동안 가족과 썼던 가구를 들인다는 게 내키지 않았다. 십오 년간의 기억이 가구에 배어 있다. 게다가 안 좋은 기억은 어디론가 안개처럼 사라지고 그리운 추억만이 의자 팔걸이의 곡선에, 테이블의 둥근 모서리에, 캐비닛 서랍 손잡이에 조용히, 생생하게 숨 쉬며 나를 손가락질했다. 그런 가구를 데리고 혼자 살 수 있을 리 없다.

더욱이 가구를 갖고 나가기라도 했다가는 아내의 신랄한 친구가 무슨 말을 할지 모른다. 카펫에 테이블 자국이 남은 거실에서 내게 극악무도한 인간이라는 낙인을 찍고 욕설과 노여움의 불길로 나를 불사를 것이다. 상상만 해도 입이 바싹 마르고 변명을 늘어놓으려는 혀가 꼬인다.

어쨌든 맨몸으로 나오기로 마음먹었다. 잘 있어라, 덴마크 가구들이여.

집주인 소노다 씨가 미국으로 출발하기 사흘 전, 열쇠를 받고 이 년 치 집세를 현금으로 내기 위해 이노카시라 공원 가장자리에 있는 집으로 찾아갔다. 십오 년 전 아파트 인테리어 공사를 맡아주었던 건축가 우라타니 가즈히코, 가즈 씨에게도 같이 가 달라고 부탁했다.

가즈 씨는 용케 건축가로 일한다 싶을 만큼 말수가 적다. 사실은 신축보다 개장, 개축을 더 좋아한다는 것도 특이한 점이다(건축 잡지에 그렇게 쓰여 있었던 것을 계기로 우리 아파트를 부탁했다). 레스토랑 테이블보다 통원목 카운터 자리를 더 좋아하는 술꾼인데, 술기운이 돌면 아주 약간 말수가 늘지만 그래봤자 별로 다르지 않다. 아내는 안 보는 데에서 가즈 씨를 '돌부처'라고 불렀다.

우리 둘이 소노다 씨 집 앞에 서자 고양이 후미가 애완견처럼 달려왔다. 기억해주다니 기쁘다. 쭈그리고 앉자 쉰 목소리로 울며 내 주위를 맴돌고는 멈춰 서서 엉덩이와 꼬리를 부들부들 떨었다. 이건 무슨 동작일까. 암컷 특유의 의미가 있을 것 같아서 눈을 어디에 주면 좋을지 몰라 난처했다.

서둘러 배낭에서 밀폐용기를 꺼내 삶아서 잘게 찢은 닭가슴살을 후미에게 내밀었다. 후미는 부들부들을 그만두고 현관 앞 오야석 위에서 닭가슴살을 먹기 시작했다. 먹으면서 울다 보니 후엉, 후엉, 하고 개 같은 울음소리가 된다. 뭐야, 배가 고팠던 건가.

가즈 씨는 후미를 거들떠보지도 않고 당장 집 뒤로 돌아가 위를 올려다봤다가 쭈그리고 앉았다가 줄자로 재봤다가 하기 시작했다.

"어머, 후미도 참. 당신이 이 집 주인이란 걸 벌써 아나 보네요."

어느새 소노다 씨가 뒤에 서 있었다. 모스 스티치로 뜬 알파카 모자를 완벽한 백발이 거의 가려질 만큼 폭 눌러썼다. 덩거리 면 셔츠에 코듀로이 바지. 짙은 갈색 데저트 부츠. 밝은 색깔의 복잡한 무늬로 짠 조끼. 오늘은 저번보다 훨씬 젊어 보인다.

정확히 약속 시간이었다. 빈손으로 나타난 소노다 씨는 벌써 짐을 다 싸서 모조리 미국으로 보내버렸기 때문에 지금은 호텔에서 지낸다고 했다. 나는 정원 쪽에 와 있던 가즈 씨를 불러 소노다 씨에게 소개했다.

"골조만 남기고 다 싹 새로 고쳐도 돼요. 이 집이 살아남아주기만 하면 뭘 해도 상관없어요."

가즈 씨는 어색하게 머리를 꾸벅 숙이고 후미처럼 쉰 목소리로 "네"라고 말했다.

소노다 씨에게 허락을 구하고 다시 집 안을 둘러봤다. 아무것도 남지 않고 텅 빈 집. 소노다 씨는 방 하나하나를 둘러보며 다니는 우리를 느긋하게, 무관심하게 따라다니며 설명을 원하면 최대한 대답해주려고 했다. 의외로 친절한 사람인지도 모르겠다. 나는 소노다 씨의 인상을 약간 궤도 수정했다.

집은 언뜻 봤을 때 외벽은 모르타르, 안은 회반죽을 바른 목조 주택 같았는데, 실은 튼튼한 콘크리트 건물에 흰 페인트를 칠했다고 가즈 씨가 말했다. 당시 보통 주택치고는 조금 흔치 않은 경우인 모양이다. 겉모습은 상당히 낡아 보이는데 어딘지 모르게 듣직하고 안정감이 느껴졌던 것은 그 때문이었나.

현관으로 들어가 바로 오른쪽에 이층으로 올라가는 나무 계단이 있고 왼쪽에는 초등학교 복도에 있는 것 같은 가로로 긴 수돗가가 있었다. 그 안쪽은 세탁실로, 소노다 씨가 남겨놓고 간 전자동 세탁기가 있었다. 작은 창이 위아래로 난, 한 평 크기의 묘한 공간이다.

"여기, 전엔 욕실이었죠?"

가즈 씨가 중얼거리듯 말했다.

"어머, 어떻게 알았어요?"

"지하실을 잠깐 봤거든요."

"그럼 아궁이는 봤어요? 전엔 거기 목욕통을 얹고 불을 때서 물을 덥혔답니다. 그땐 아직 가스 온수기가 없었으니까."

이 집을 지은 것은 오십 년도 더 전이라고 새삼 생각했다.

"여기 수돗가는 왜 있는 겁니까?"

가즈 씨가 세탁실 앞의 수돗가를 보고 질문했다.

"예전에 정원에 밭을 만들어서 야채를 재배했거든요. 그만둔 지 벌써 이십 년쯤 됐지만요. 무랑 파, 감자는 여기서 흙을 털고 부엌으로 가져갔어요. 장화도 닦을 수 있겠다."

세탁실과 벽 하나를 사이에 둔 부엌은 어딘지 모르게 어두침침했다. 간장과 맛술, 기름과 된장, 버터와 설탕이 오랜 시간에 걸쳐 뒤섞인 냄새가 희미하게 풍겼다. 향수를 자극하는 냄새다. 나무 바닥도 이런저런 게 흐르고 떨어져 닦아내고 마르고 닦아내고 마른 황갈색이었다. 고리 모양 얼룩도 몇 개 보였다. 부엌이라기보다 역시 주방이라고 부르는 게 어울린다.

가스레인지 받침대가 있을 뿐 오븐은 없다. 싱크대도 작다. 찬장 문도 상당히 덜컹거린다. 주방은 되도록 빨리 고쳐 일인분의 식사를 즐겁게 준비할 수 있는 곳으로 만들고 싶다.

정원으로 통하는 뒷문을 열고 밖으로 나가자 등나무 시렁 밑이었다. 이것 때문에 주방이 어두운 걸까. 쨍쨍한 여름 햇살을 막기 위한 장치일 것이다. 가을에는 잎이 떨어지고 겨울에는 해가 비쳐든다. 과거의 일본인은 집 안과 밖을 연결해서 생각할 줄 아는 지혜가 있었다.

계단을 올라갔다. 폭이 넓은 나무 난간은 모서리를 둥그스름하게 다듬어 손에 닿는 감촉이 매끈매끈한 게 기분 좋았다. 계단참에서 이웃집의 커다란 단풍나무가 보였다. 그곳에서 꺾어져 이층으로 올라가자 우선 다다미방이 나왔다. 천장에 매달린 조명은 커브를 그리는 댓살에 일본 종이를 바른 옛날식 등이었다. 다다미는 볕에 바랬다. 천장은 나무다. 옆에 헛방이 하나 있다. 내부 벽 전부에 양철을 붙이고 삼 단짜리 붙박이 선반을 빙 둘러 달았다.

"양철 덕분에 습기도 없고 벌레도 없답니다. 커다란 차통 같은 거예요, 이 안은."

삼 단 선반에 책이 빽빽이 꽂힌 장면을 쉽게 떠올릴 수 있었다. 어딘가에 책꽂이를 따로 마련하더라도 이곳은 유용할 것이다. 습기가 없으니 더 말할 것도 없다. 나는 "좋은데요"라고 진심으로 말했다. 기분이 좋아진 소노다 씨가 이어서 말했다.

"여기는 잡목림 옆이나 다름없잖아요? 그래서 벌레가 많거든요. 노린재, 사마귀, 귀뚜라미, 농발거미, 잠자리, 메뚜기, 땅강아지, 매미, 날개미, 도마뱀붙이…… 도마뱀붙이는 벌레가 아니지만요. 후후후. 모직물 같은 거 벌레 먹는 게 싫으면 여기에 보관하는 게 좋을 거예요."

아뇨, 책을 둘 겁니다, 라는 말은 하지 않고 나는 잠자코 고개를 끄덕였다.

복도를 끼고 헛방 정면에 또 하나의 화장실과 세면실이 있었다. 기성제품 세면대가 설치돼 있었는데, 편리할지는 모르지만 사이즈도 색도 형태도 이 집과 전혀 어울리지 않았다. 소노다 씨는 세련됐건만 이런 것에는 별로 신경 쓰지 않는 성격인가. 이것도 언젠가 가즈 씨에게 바꿔달라고 하자.

복도 끝, 집 서쪽에는 북과 남으로 나뉘어 서양식 방과 다다미방이 등을 맞대고 나란히 있었다.

북쪽 다다미방과 남쪽 서양식 방을 가르는 벽을 두들겨본 가즈 씨는 여기도 콘크리트라고 의외라는 듯 말했다. 그러더니 내과의사처럼 모든 벽을 통통 쳐보고 다니며 콘크리트 벽이 한 곳만이 아니라는 것을 확인하고는 수첩에 그린 간략한 평면도에 표시하며 말하기를 "구조 변경은 어렵겠는데요. 콘크리트를 부수게 되면 일이 커지니까요"라고 했다.

구조 변경은 생각하지 않았기 때문에 아무 문제도 없었다.

서양식 방 남쪽 창문으로 보이는 공원의 전망이 근사했다. 정면의 처진올벚나무에 가지와 잎이 무럭무럭 자라고 있다. 공원을 산책하는 사람이 이쪽을 올려다봐도 나무가 가려줘서 실내가 잘 보이지 않을 것이다.

시야 저편, 공원 안쪽에는 키 큰 소나무와 상수리나무, 느티나무 등 올려다봐야 할 만큼 큰 나무들이 서 있다. 바람에 의외로 잘 휘어지는 큰 나무는 천천히 흔들리고 있었다. 올려다봐야 할 만큼 키가 크다는 뜻은 이 집도 내 모습도 나무가 내려다본다는 뜻이다. 여름이 되면 철새가 날아와 나무에 둥지를 틀고 울거나 하지 않을까. 지금 들리는 것은 공원을 걷는 사람들과 아이들의 목소리다. 적당한 거리에서 거리낌 없이 목소리가 들려온다. 새소리도 아이들 목소리도 들리면 기쁘다. 모토요요기의 아파트는 무섭게 조용했다.

가즈 씨가 그새 발견한 지하실에도 가봤다. 정원 쪽에서 콘크리트 계단을 여섯 단 내려가 정면의 나무 문을 밀자 숨 막힐 듯한 곰팡내와 축축한 흙냄새가 밀려와 나를 감쌌다. 불을 켜니 오른쪽 벽 눈높이에 예전에 쓰던 욕실 아궁이가 남아 있었다. 상상했던 것보다 훨씬 작다. 타다 남은 찌꺼기가 그대로 남아 있기에 놀랐다. 대체 몇 십 년 전 찌꺼기일까. 아궁이 옆에 부적이 붙어 있다.

'火迺要慎'

교토의 옛날식 상가商家 아궁이 위에 같은 부적이 붙은 것을 본 적이 있다. 하지만 이걸 어떻게 '히노요진(불 조심)'이라고 읽는 걸까. 그때 "가엔요친?"이라고 소리 내서 읽었다가 아내의 실소를 샀다. "당신 문학부 아냐?"

투투툭, 하고 갑자기 이상한 소리가 난다 싶더니 손바닥에 벌레가 떨어졌다. 나도 모르게 와 하고 소리치며 손으로 떨어냈다. 뒤에서 소노다 씨의 장난기 어린 목소리가 들려왔다.

"꼽등이예요. 천장에 잔뜩 붙어 있는데 몰랐어요?"

그을음으로 검게 변색된 천장을 올려다보자 꼽등이가 수십 마리, 아니 수백 마리 긴 다리를 구부려 붙어 있었다. 소름이 쫙 돋았다. 갑자기 밝은 햇살이 비쳐 위험을 느꼈는지, 입구로 바람이 불어들어 놀랐는지, 꼽등이가 잇따라 천장에서 툭툭 떨어졌다. 콘크리트 바닥에 떨어진 꼽등이는 폴짝, 폴짝, 막연히, 발작적으로 멀리, 높이 뛰어올랐다가 바닥에 놓인 양철 양동이 속에 경질의 소리를 내며 떨어졌다.

목덜미에 떨어졌는지 가즈 씨가 고개를 움츠리더니 허둥지둥 머리를 숙이고 옷깃 안을 파내듯 털었다. 우리는 불을 끄고 서둘러 지하실에서 퇴각했다.

"도내에도 꼽등이가 있군요."

나는 겸연쩍은 것을 감추려고 계단 위에 선 소노다 씨를 올려다보며 말했다.

"이 집에 살겠다는 사람이 꼽등이 정도로 놀라서 쓰나요."

소노다 씨는 기쁜 듯이 웃었다.

나는 벌레를 싫어하지는 않는다. 하지만 천장에 무수히 붙은 백 마리 이상의 꼽등이는 아무리 그래도 아니다. 가만히 있으면 또 몰라도 착지 위치를 정하지 않고 무계획하게 점프하는 상대방과 친하게 지낼 수는 없다. 소노다 씨의 웃음소리에 내심 분개하며 내 이사도 꼽등이의 점프 같을지 모르겠다고 생각했다. 취향에 맞는 집을 구해 고쳐서 산다고 하면 듣기에는 그럴싸하지만, 보통 같으면 이미 철거됐을 불편하기 그지없는 집을 일부러 선택하려고 하니 남이 보면 충분히 의심스러울 것이다. 그것도 혼자서 살 집을. 이게 양동이로 뛰어드는 꼽등이가 아니고 뭐란 말인가.

뭐, 아무려면 어때. 나는 무시하기로 했다.

이층 단독주택, 그것도 지하실 포함. 쓸 수 있을지 아닐지는 아직 모르지만 벽난로까지 있다. 오랜 아파트 생활 동안 난로에 장작을 때는 게 은밀한 꿈이었다. 바닥 아래는 다른 집이 없이 그냥 땅이고 지붕 위에는 하늘밖에 없다. 머릿속으로 그리던 것 이상의 해방감이 느껴졌다.

헤어질 때 고양이 열쇠고리에 달린 열쇠를 받았다.

"공사하면 꼭 사진 보내줘요."

소노다 씨는 이메일과 미국 주소가 인쇄된 조그만 명함을 내밀었다.

"그럼 잘 있어요. 이 집을 잘 부탁해요."

소노다 씨는 털실 모자를 벗고 머리를 깊이 수그렸다. 나와 가즈 씨도 황급히 머리를 숙여 인사했다.

"안녕히 다녀오세요."

소노다 씨는 내게 손을 내밀었다. 악수를 했다. 소노다 씨의 손은 따스했다.

"아, 맞다. 후미도 잘 부탁해요."

어느새 현관 앞에 나타난 후미는 또 메이크 브레드 하고 있었다. 들리지는 않지만 골골거리고 있을 게 틀림없다. 소노다 씨는 1만 킬로미터나 떨어진 미국으로 가버려 이제 돌아오지 않는다는 것도 전혀 모르는, 어딘지 모르게 멍한 표정 그대로.

"주차장이 없는데 임대할 겁니까?"

돌아오는 길에 가즈 씨가 물었다.

"차는 그만두려고요."

"그만둔다고요? 운전을?"

나는 고개를 끄덕였다.

"차가 필요하면 렌터카를 이용하면 되니까요. 도쿄에 살면 전철하고 버스가 있으니까 차가 따로 필요 없죠. 대신 자전거를 살 겁니다."

가즈 씨는 뜻밖이라는 표정으로 나를 보았다.

"이 힐은 인도를 급히 걸으라고 만든 게 아니란 말이야!"

아내는 긴자의 미유키 거리를 걸으며 너무 빠르다, 더 천천히 걸어라, 하고 내게 불평했다. 결혼하고 얼마 안 됐을 때였다.

아내가 신는 힐은 굽이 높고 가늘어서 엘리베이터 홈이나 길도랑의 격자에 끼면 부러지거나 안 빠지거나 했다. 콘크리트 위를 걸으면 가죽 밑창이 순식간에 찢어졌다. 그러니 건물 밖으로 나오면 차를 타는 게 옳다고 아내는 내게 가르쳤다.

하이힐을 신는 아내에게는 차를 운전하는 남편이 필요하다. 하지만 이제는 하이힐을 신는 아내도 애인도 없다. 다시 말해 나는 차가 필요 없다. 그렇게 결론을 내리고 오랫동안 탄 차를 처분하기로 했다.

매장은 까마득하게 넓은데 면적당 상품 단가가 하늘을 찌를 듯한 이세탄의 여성 구두 매장에는 이제 갈 일도 없을 것이다. 가즈 씨와 나란히 걸으며 나는 그 사실을 깨달았다. 그렇게 생각하니 약간 쓸쓸한 것도 같다. 아내가 혼자 매장에 나타나면 낯익은 점원이 남편분은요? 하고 까딱 입을 잘못 놀리지는 않을까. 아내는…… 아니, 전처는 어떤 표정으로 무슨 말을 할까.

잘 있어라, 하이힐. 잘 있어라, 자동차.

# 3

우연히 만나게 되는 사람이 있다.

한 번뿐이면 그런 일도 있으려니 하겠는데 반년 사이에 두 번, 세 번 우연이 겹치면 점점 섬뜩한 기분이 든다.

긴자의 보행자 천국을 걷다가 센다가야 국숫집 주인과 엇갈려 지나쳤다.

지금까지 딱 세 번 가본 국숫집인데, 두고 간 수첩을 맡아준 적이 있어서 얼굴을 똑똑히 기억했다. 오십대 중반, 희끗희끗한 머리를 짧게 다듬은 조용한 사람이었다.

그 뒤 얼마 지나 어느 비 오고 쌀쌀한 날, 쓰지도 버스터미널에서 줄 서 있는데 뒤에서 누가 "안녕하세요" 하고 인사했다. 국숫집 주인이었다. 또 몇 달 뒤 신주쿠의 한산한 영화관에서 영화가 끝나고 상영관이 차츰 밝아지자, 대각선 앞자리에 머리를 바싹 쳐올린 그 사람이 꼼짝 않고 앉아 있었다.

전생에 어떤 인연이 있어서 누가 원하는 것도 아닌데 무의식중에 서로를 부른다 하는 일이 있을까.

전생에 칼부림을 당해 억울하게 죽은 국숫집 주인. 죽인 사람은 전생의 나. 원한이 풀리지 않은 채 현생에 이르렀다든지. 다른 세상이었다면 나는 보행자 천국에서, 아니면 쓰지도 버스터미널에서, 영화관 어둠 속에서 저항할 겨를도 없이 등 뒤에서 칼을 맞았을지도 모른다.

국숫집 주인을 올해 들어 벌써 세 번이나 우연히 만났다고 전처에게 이야기한 것은 이혼 이야기가 나오기 반년쯤 전이었다. 우연치고는 너무 잦다, 무슨 전생의 연이 있는 게 틀림없다, 섬뜩하니까 이제 그 국숫집에 가지 말아야겠다고 농담인지 진담인지 알 수 없게 중얼거리자, 아내는 쓴웃음을 지으며 칼로 베듯 딱 부러지게 말했다.

"있지, 내가 가르쳐줄게. 당신의 그런 과잉 반응을 자기중심주의라고 하는 거야."

전처는 '자기중심주의'를 일본어 강사처럼 음절 하나하나를 명확히 구분 지어 한 점 흐릿함이 없게 발음했다.

"당신의 확신이라든지 상상이라든지 의심이라든지 공포심은 대부분이 당신 안에 있는 자기중심주의에서 나온다고 생각해."

무슨 소리인지 모르겠다.

"자기중심주의?"

"응. 저게 저렇게 된 것도, 이게 이렇게 된 것도 내 탓 아닐까. 전생의 인연이 어쩌고저쩌고. 그런 사고방식은 요컨대 세상이 자기를 중심으로 돌아가고 있다는 생각에서만 나올 수 있는 거라고. 바꿔 말하면 자기를 과대평가한다는 거지. 전봇대가 큰 것도 우체통이 빨간 것도 전부 내 죄입니다, 하는 건 자기를 비하하는 것처럼 보이지만 실은 세상과 마주 보길 포기한 어리광쟁이가 하는 말이야."

증명 종료.

나는 내심 신음했다. 우리 관계에 빨간불이 켜진 지 오래였지만 전처의 분석에 솔직히 감탄하지 않을 수 없었다. 금융기관 연구원은 세상의 경제 동향에 관해서만 분석 능력이 뛰어난 게 아닌 모양이다.

그런 지적을 받고 난 뒤로는 우연이니 전생이니 내세우지 않고 전처처럼 합리적, 이지적 인생을 살게 되었느냐 하면…… 자기중심주의의 답보 상태는 그 뒤로도 계속됐다. 뿐만 아니라 나는 새로운 사태에 직면하게 됐다.

오래된 단독주택으로 이사한 주말은 이것저것 수속을 밟느라 눈이 핑핑 돌 것처럼 바빴다.

전기 가스 수도는 별 문제 없이 끝났는데 통신 쪽이 짜증의 연속이었다. 전화를 걸어 음성 안내에 따라 번호를 꾹꾹 누르고 한참을 기다린 끝에 겨우 상담원과 연결됐나 싶으면 '서비스 품질 향상을 위해 통화 내용이 녹음됨을 알려드립니다' 하는 과잉 방어 내지 선전포고로 이어진다. 가까스로 진짜 사람이 나왔나 하면, 묘하게 아양 떠는 목소리와 무뚝뚝한 응대를 자유자재로 구사하는 음성 안내 같은 상담원을 상대해야 한다.

요금제는 마치 미로처럼 선택이 다양하고, 앞에 펴놓은 팸플릿에는 '무료'라는 글자가 여기저기서 위세 좋게 호객을 하고 있다. 예전에는 이런 기묘한 절차가 필요 없었다. 규제 완화라느니 자유 경쟁이라느니 입으로 말하기는 쉽지만, 일단 경쟁이 시작되면 사실상 하청업체나 다름없는 인터넷 업체가 온갖 수를 동원해서 박리다매를 해야 한다. 머리에 피가 거꾸로 솟지만, 많지 않은 급여를 받고 매번 거의 똑같은 말만 해야 하는 상담원에게

화를 낸들 의미가 없다. 못된 꾀를 쓰는 녀석은 훨씬 더 윗선에 있다.

요는 편치 않다는 이야기다. 팸플릿이나 홈페이지를 비교 검토하고 필요가 있다 없다를 판단하는 그런 모든 작업이. 지금까지 그런 것은 모두 명석하고 쿨한 아들이 합리적으로 판단해서 최선의 것을 골라주었다. 그렇기에 괜한 수고도 망설임도 없었다. 인터넷 설정이니 무선랜 설정이니 하는 것도 전부 아들에게 맡겼다.

"도대체가 전화기 다이얼을 띠리릭띠리릭 돌리던 시절엔 이용자가 전화 설정 같은 건 안 했고 요금 종류도 하나뿐이었다고. 이렇게 복잡해진 건 합법 사기 같은 거 아니냐."

부루퉁하게 그렇게 말했을 때 아들은 나를 측은히 여기는 눈빛이었다.

"아니 뭐…… 네가 그런 말을 들은들 곤란하겠지. 아무튼 고맙다."

나는 머뭇거리며 입 다무는 수밖에 없었다. 하지만 아들도 지금은 미국에 있다.

혼자 힘으로 설정하는 것은 처음부터 포기하고 이 집을 소개해준 카메라맨 후지시로 다쿠야를 불렀다. 인터넷 세팅과 오디오 접속을 부탁해서 모든 기기가 연결된 뒤, 첫 메일로 아내에게 이사 완료를 사무적으로 알리고 두 통째는 미국에 있는 집주인 소노다 씨에게 보냈다. 소노다 씨에게는 이삿짐 상자가 아직 정리되지 않은 실내 사진과 정원석 위에서 햇볕을 즐기는 후미의 사진을 첨부했다. 이 오래된 단독주택이 겨우 세상과 연결됐다.

저녁때가 다 됐기에 다쿠야에게 사례할 겸 역 근처 장어구이 집에 갔다. 내장과 양념 없이 구운 장어, 장어와 오이 초무침에 맥주, 작은 도기 술병으로 청주 한 병. 장어 덮밥 특상으로 다쿠야의 노고를 치하하고 그 김에 내 노고도 치하했다.

다쿠야와 헤어져서 집으로 돌아오니 그 순간 혼자가 됐다. 어디에도 말상대가 없다. 테이프로 봉한 상자가 무더기로 쌓여 있다. 속에 든 것은 대부분 책과 레코드와 시디다.

잡지 오케이교출간 전 최종 확인용 교정를 마쳤을 때라 그렇지 않아도 잠이 부족한 상태였기 때문에 이사하는 게 꽤나 힘들었다. 별로 많이 마신 것도 아닌데 전에 없이 술기운이 올랐다. 이층에 가져다놓은 침대 매트에 잠깐만 누울 생각으로 누웠다가 그대로 깊이 잠들었다.

잠에서 깨니 방 안이 캄캄했다. 공원 외곽에 있는 희푸르스름한 옥외등 불빛이 창문 너머 비쳐들어 천장이 어슴푸레 보였다.

몇 시쯤 됐을까.

아차, 후미에게 밥을 줘야 하는데. 그렇게 생각하는데 몸이 움직여주지 않았다.

이럼 안 되지. 후미는 소노다 씨가 남기고 간 내 파트너인데.

어기여차.

흐리멍덩한 머리로 자신의 한심한 기합 소리를 듣고 나서 몸을 일으켜, 계단에서 미끄러지지 않도록 한 단씩 천천히 내려갔다. 자다 깼고 술기운이 남아 있다고는 하지만 난간을 잡고 내려가는 모습이 스스로 생각해도 노인 같다. 후기 고령자일본에서 칠십오 세 이상 인구를 가리키는 말인 소노다 씨는 이 단독주택에서 오랫동안 혼자 살았다. 후기 고령자까지 이제 삼십 년 남았나. 별로 먼 일도 아닌 것 같다.

정원에 접한 테라스의 댓돌 위에 먹이가 든 볼을 놓기 무섭게 후미가 어두운 정원 그늘 속에서 소리도 없이 나타났다. 홍얼홍얼 정신없이 밥을 먹는 후미를 내려다보니 혼자가 됐다는 게 실감났다. 늙은 것 같은 기분도 들었다. 후미는 소노다 씨가 없어지고 내가 여기 이렇게 있는 것을 어떻게 생각할까.

집을 손보는 작업도 아직 시작하지 않았다.

공사 순서와 스케줄은 가즈 씨와 이미 의논해서 정해놓았다.

부엌과 욕실, 세면실 등 물 쓰는 곳을 여름까지. 낡아서 삭은 창문은 가을 겨울까지. 지금 있는 부엌에서도 요리는 할 수 있지만, 오븐도 식기세척기도 없는 데다 어둡고 불편하다. 모토요요기 정에서 쓰던 냉장고는 성에 제거가 번거로운 데 비해 값은 국산품보다 몇 배는 더 비싼 스웨덴제였다. 이번에는 디자인은 그저 그렇지만 절전 기능이 뛰어난 국산 냉장고를 주문해 내일 오기로 돼 있었다.

내가 할 일은 오랜 세월 카펫으로 덮여 있었던 탓에 광택을 잃은 마루를 깨끗이 닦고 기름을 먹이는 것뿐이다. 가즈 씨에게 부탁한 책꽂이와 오디오장은 그 작업이 끝나고 나서 들어올 것이다.

한 번 칠하면 효과가 영구적이라는 천연 왁스를 인터넷으로 주문해서 주말마다 한 방씩 깨끗이 닦아갈 생각이었다. 당분간은 보수 작업을 계속하며 임시로 기거하게 될 것 같다.

월요일 저녁, 오케이교까지 마친 편집부는 한산했다. 아직 환할 때 회사를 나섰다.

내 이혼은 순식간에 사내에 소문이 퍼진 듯 같이 식사하러 가자, 술 마시러 가자는 사람이 급증했지만, 집 치우는 것을 우선

해서 하지 않으면 혼자 생활하는 적적함을 언제까지고 해소하지 못한다. 약속은 되도록 만들지 않고 일찍 퇴근할 수 있는 날은 곧장 집에 왔다. 그 이전에 술로 기분을 풀 마음이 도무지 나지 않았다. 취하면 괜한 말을 했다가 나중에 후회할 뿐이다. 상대방도 안줏거리 정도로만 생각할 것이다.

역에서 도보 오 분 거리에 있는 백화점에 가서 지하 식품 매장에서 아침 먹을 것을 산 다음, 한 손에 비닐봉투를 들고 구층까지 엘리베이터로 올라가서 국숫집에 들어갔다. 감색 유니폼을 입은 아주머니 점원이 활달하게 일하는 이곳에 젊은 손님이 거의 보이지 않는 것은 늘 있는 일이다. 팔십 퍼센트가 환갑을 넘은 사람 같다. 혼자 오도카니 앉아 조용히 국수를 먹는 노인도 있다.

"한 분이시죠? 이쪽에 앉으세요."

점원이 안내해준 테이블로 가다가 그 옆자리에 앉은 여자 둘을 본 순간 나는 숨을 훅 들이마시며 하마터면 멈춰 설 뻔했다.

스가와라 가나였다. 가나도 바로 내 시선을 알아차리고 표정이 어렴풋이 바뀌었지만, 그녀는 이런 때도 담담하고 냉정했다. 금세 시선을 상대방 여자에게 되돌리며 웃음을 지었다. 과장된 몸짓이나 큰 목소리와는 거리가 먼 타입이니 같이 있는 여자도 눈치채지 못했을 것이다.

나는 두 사람 옆의 벽 쪽 테이블에 가나와 나란히 앉았다. 헤어진 뒤로 이렇게 가까이 접근한 것은 처음이었다. 1미터 거리도 안 된다. 그렇지만 서로 시야에는 들어오지 않게 된 터라 내 심장 고동은 조금씩 침착함을 되찾기 시작했다. 옆자리에서는 아무 일도 없었던 것처럼 대화가 이어지고 있었다. 말소리는 들리는데 내 머리는 말의 해독 작업을 포기한 듯했다. 알 수 있는 것이라곤 가나의 목소리가 가까이에서 들린다는 사실뿐이었다. 변함없이 작은 음량인데 맑고 투명하게 울리는 목소리.

나는 맞은편 빈자리에 비닐봉투를 놓았다. 안면이 있는 아주머니 점원에게 "모둠 튀김 국수 주세요. 면 하나 추가하고 국물은 차게 주시고요"라고 말했다. 분명히 가나의 귀에 내 목소리가 들렸을 것이다.

가나와 나는 간다에 있는 이 국숫집의 본점에 한 달에 한 번꼴로 갔다. 고추냉이를 곁들인 어묵은 합해서 쉰 접시, 닭 육회 쉰 접시, 달걀말이 마흔 접시, 성게 일곱 접시, 김 여덟 접시, 깨 국수 예순 그릇, 청어 국수 다섯 그릇, 튀김 국수 스물다섯 그릇, 닭고기 계란 덮밥 네 그릇, 튀김 덮밥 세 그릇…… 아마 그 정도는 먹었을 만큼 둘이 같이 다닌 국숫집이다.

내가 일하는 월간지의 아트 디렉션을 맡은 디자인 사무실에 스가와라 가나가 있었다. 머리 모양이 아주 짧은 쇼트커트(지금은 길렀다)라 잘생긴 귀가 뚜렷이 보였다(그러니까 지금은 아마 안 보일 것이다). 다소 큰 눈을 제외하면 코도 귀도 입도 손도 조그마했고 코와 볼 언저리에 주근깨가 살짝 있었다. 전체적으로 작고 얇고 가늘지만 연약하다는 인상을 주지는 않는다. 턱은 질긴 것도 끄떡없이 씹을 수 있고, 몸 중심에 튼튼한 용수철이 있을 것 같았다.

가나는 주황색이나 녹색 같은 선명한 색깔이 어딘가에 들어 있는 옷을 곧잘 입었다(목도리만 코발트블루라든지, 형광 초록색 봄 코트라든지). 묘하게 품위 있는 코디네이션으로 세상의 유행과는 상관없이 자신이 입고 싶은 옷을 자연스럽게 입었다. 하지만 나를 처음에 **매료한** 것은 머리 모양도, 패션도 아니고 그녀의 눈이었다.

가나는 다른 사람을 볼 때 아주 약간 밑에서 올려다보듯 한다. 눈동자 아래, 흰자위 부분이 살짝 벌어지는 것이다. 일과 관련된 미팅을 할 때도 그녀가 꼼짝 않고 쳐다보면 내 감정이며 비밀까지 꿰뚫어보는 느낌이 들었다.

어떤 부류의 여자가 의식적으로 보이는 조르는 듯한 눈초리는 내게 경계심만 자극할 뿐이다. 가나의 시선에서 비슷한 느낌을 받았다면 매료되지 않았을 것이다. 키 차이로 인한 각도의 영향도 있었을지 모른다. 그래도 가나의 눈 표정에는 그녀 자신도 모르는 무의식의 부분에서 소리 없이 떠오르는 뭔가가 있는 것처럼 보였다. 여자의 진짜 매력은 본인이 의식하지 못하는 부분에서 비롯된다. 화장도 웃음소리도 완벽하게 통제되는 것은 재미없다. 남자의 매력과 무의식 영역이 어떻게 관계하는지는 남자인 나는 전혀 알 수 없거니와 관심도 없지만.

야근하고 심야에 퇴근해서 목욕을 하거나 이를 닦을 때 그녀의 그 눈이 떠오르게 됐다. 이렇게 되고 나면 방법이 없다. 옆 침대에서 아내가 자고 있을 때조차 눈을 감으면 테이블 맞은편에서 가나가 그 눈으로 나를 물끄러미 쳐다보는 모습을 망상하게 됐다.

일솜씨에도 이끌렸다. 가나는 대단히 유능한 데다 까다롭기까지 한 아트 디렉터의 어시스턴트였다. 미팅을 할 때마다 동석하고 디자인 팀을 조율하고 편집부와 빈번히 연락을 주고받으며 전체 작업이 지체 없이 진행되도록 한다. 그렇게 말하면 코치나 감독의 이미지가 떠오를지 모르지만 가나는 딱히 눈에 띄게 움직이지는 않았다. 눈에 보이지 않는 바람이 빨래를 말리듯 그렇게 업무를 처리했다.

문제가 발생할 듯한 부분을 사전에 찾아내 착지점이 어긋나지 않도록 미리 확인 작업을 한다. 아트 디렉터가 착각할 소지가 있는 점을 그 자리에서 풀어 말해서 확인한다. 어디까지나 조율자의 역할을 넘지 않았지만 편집부의 준비 부족과 안일한 마무리, 아트 디렉터의 급한 성미와 착각은 끊임없이 발생하는 트러블의 원인이었던지라 사전 조율만큼 중요한 게 없었다. 가나가 어시스턴트로 참여하면서 작업이 순조로워졌다는 것은 누가 봐도 분명했다.

내게는 아내가 있고 중학교에 다니는 아들이 있었다. 그때까지 한 번도 바람을 피운 적이 없었다. 물론 거리를 걷다가, 전철에 탔다가, 슈퍼에서 장을 보다가 낯선 여자에게 시선이 간 적이 없었느냐 하면 그건 아니다.

몹쓸 망상을 품은 적도 있었다. 중학생 때부터 시작된 막연한 번뇌의 무한한 연장이다. 하지만 실체가 있는 여자와 구체적인 관계를 시작하기에는 그 앞에 무시무시하게 드높은 장벽이 있었다. 도대체가 그런 일을 시작하면 말썽이 생길 게 틀림없다. 나도 그 정도 분별은 있었다. 나는 원래 소심하고 의심이 많은 자기중심주의자다.

그런데도, 라고 할지 순식간에, 라고 하는 게 실제에 가까운데, 난감하게도 나는 돌이킬 수 없을 만큼 빠른 속도로 가나를 좋아하게 됐다.

하지만 그 감정은 정말 오랫동안 짝사랑으로 남아 있었다. 가나를 만나고 나서 아무 일도 없이 삼 년 이상의 세월이 흘렀다. 미팅을 할 때마다, 송년회가 있을 때마다 나는 남몰래 가나와 함께 있다는 기쁨을 느끼고 남몰래 이루어질 수 없는 감정을 주체하지 못했다.

변화의 계기는 가나의 이사였다.

그녀가 센다기를 떠나 우리 집이 있는 모토요요기 정 옆 니시하라로 이사 온 것이다. 자연히 퇴근 방향이 같아졌다.

밤늦게 그녀가 디자인 교정을 전달하러 와서 그것을 체크하고 재수정을 부탁하고 하는 사이에 지하철 막차 시간을 넘긴 적이 있었다.

"한 이십 분만 기다려주면 데려다드리죠."

나는 가볍게, 하지만 속으로는 결심하고 말했다. 가나는 처음에 계속 사양했다.

"어차피 지나는 길인데요. 딴마음은 없어요."

나는 신사적인 태도로 일생일대의 미소를 지으며 평정을 가장하고 가나에게 말했다.

그 뒤로 오케이교가 끝날 때마다 적당한 타이밍을 봐서 가나를 조수석에 태우고 집까지 데려다주게 됐다.

석 달 만에 겨우 가는 길에 바에 들를 수 있었다. 그렇게 몇 번을 한 뒤 가나가 바에 들렀다 가기를 기대하는 내색을 뚜렷이 감지한 어느 날, 집으로 가는 차 안에서 나는 결심하고 가나에게 내 감정을 이야기했다.

가나 쪽이 먼저 일어났다. 나도 식사는 아까 끝났지만 메밀 삶은 물을 천천히 마시며 시간을 벌고 있었다. 계산을 마친 가나가 내게 시선을 주었는지 아닌지는, 도저히 얼굴을 들 수 없었던 터라 알지 못했다.

두 사람이 가게에서 나간 듯하기에 나도 일어나 계산을 하고 나왔다. 엘리베이터를 기다리는 가나의 뒷모습만이라도 보고 싶다고 은밀히 열망하며.

가나는 가게 앞에 있었다. 차례를 기다리는 사람들을 위해 바깥에 늘어놓은 의자에 동그마니 앉아 있었다. 나를 보자마자 일어서 다가와 예전 그 목소리로 말했다.

"놀랐네. 여기 자주 와?"

가나는 또 그 눈이었다. 아무것도 달라지지 않았다.

"응. 이쪽으로 이사 왔거든."

"이사했어?"

"응." 이혼했다는 말은 하지 않았다.

"회사 동료랑 같이 온 거야. 지금은 화장실에 갔고."

가나는 나를 보며 말했다. 나는 고개를 끄덕였다.

"나도 작년에 이쪽으로 이사 왔어. 새 회사에 들어가서. 디자인 회사는 아니지만…… 언제 메일 보내도 돼?"

가나는 마지막에 웃는 얼굴로 그렇게 말했다. 이렇게 맥박이 빨라진 게 얼마 만일까.

갑자기 헤어지게 된 것은 간다 본점에서였다. 왜 또 국숫집인가…… 하고 생각하니 숨이 가빠왔다. 나는 전생에 국숫집과 무슨 인연이라도 있었나.

# 4

일요일 아침 컴퓨터로 메일이 왔다.

오카다 다다시 씨에게

지난번엔 깜짝 놀랐지,

우연히 만나서 반가웠어.

잘 지내는 것 같고 예전이랑 하나도 안 바뀌었던걸.

역 근처에 음식이 맛있고 카운터 자리가 있는

집이 있거든. 다음에 같이 안 가볼래?

다다시 씨 집은 어디쯤이야?

우리 집은 공원 남쪽 상수上水 변이야.

스가와라 가나의 메일 끝에 쓰인 주소를 보고 내 맥박과 혈압은 순식간에 치솟았다. 아마 걸어서 십 분도 안 걸릴 것이다. 그렇게 가까이 살고 있었나.

일 관계로 만나서 삼 년간 어깨에 손을 얹은 적도, 심지어 악수한 적도 없었다. 줄곧 브레이크를 밟고 만일을 위해 사이드 브레이크까지 걸었다. 그렇기에 가나의 이사를 계기로 가까워진 거리는 바싹 마른 짚단에 성냥불을 갖다대는 것 같은 일이었다. 연애 금지의 신이 있다면 이제 다 틀렸다며 눈을 감고 머리를 내저었을 게 틀림없다.

우리 둘의 연애 관계는 오 년 동안 이어졌다. 그리고 작년 바로 이맘때 갑자기 끝났다.

헤어진 뒤 내가 이혼하고 이곳으로 이사 왔다는 소식을 가나는 다른 사람을 통해 들었을까. 그렇다면 헤어지기는 했지만 가나 쪽에도 미련이 남아 있었나. 망상하는 자신이 꿈틀 깨어났다. 다시 만나고 싶은 마음이 있을지도 모른다…… 나는 머릿속에서 신문지를 말아 내 머리를 탁 쳤다. 질릴 줄도 모르고 또 '자기

중심주의'냐고 또 한 사람의 내가 어이없다는 목소리로 말했다.

이별은 가나의 뜻이었다. 오 년 사귀도록 미래가 보이지 않자 실망한 것이다. 다니던 디자인 사무소까지 예고도 없이 그만둔 것은 일과 관련된 관계조차도 지속할 수 없다고 생각했기 때문일 것이다. 이혼 이야기를 꺼내려던 바로 그때 가나는 원심분리기를 쓴 것처럼 나에게서 멀어졌다.

나보다 열 살 이상 젊은 가나가(정확히는 열세 살 차였다) 그 정도로 연연해했던 이혼은 얄궂게도 내가 차이고 의기소침해지기를 기다린 듯한 타이밍으로 아내가 말을 꺼냈다. "그럼 모를 줄 알았어?" 아내는 말했다.

반년도 못 되는 사이에 두 여자가 내 인생에서 사라졌다.

가나와의 이별은 여전히 땅이 꺼진 것처럼 내 안에 싸늘하고 어두운 아가리를 벌리고 있었다. 분명한 사실은 이 검은 구멍에 가까이 다가가면 위험하다는 것뿐이다. 어떻게 막으면 좋을지, 어떻게 메우면 좋을지 지금도 모르겠다. 구멍을 들여다볼 용기도 없다. 가능한 한 외면하면서 거리를 두는 정도밖에 할 수 없었다.

여자에게서 온 메일이 하나 더 있었다.

오카다 다다시 씨께

잘 지내시는지요, 소노다입니다. 샌타바버라는 공기가 건조한 데다 태양도 가까이에 있는지 자외선이 심히 강해서 내 피부 노화에 한층 박차를 가하는 것 같아 두렵습니다. 그 점을 제외하면 먹을거리가 다 맛있어서 파머스마켓에 나가는 게 가장 큰 즐거움이랍니다. 야채나 과일을 베어 물면 얼굴에 즙이 튈 만큼 신선합니다. 사람들도 웃는 얼굴이고 명랑한 노인이 아주 많아서 가게에 들어가도 엘리베이터를 타도 모두 하이, 하고 인사해줍니다. 친절하죠. 일본인인 나까지 장수할 것 같군요. 후미도 데려오면 좋았을 텐데 하는 생각이 자꾸 듭니다. 후미 사진 잘 받았습니다. 정말 고맙습니다. 사진틀에 넣어서 장식했답니다. 어쩌면 그렇게 귀여운지. 여기서는 고양이까지 자유로워서 몸집도 약간 더 크고 내 얼굴을 보면 먀우먀우 영어로 울면서 다가옵니다. 내가 헬로, 하고 인사하면 의아한 표정을 짓는 고양이도 있어서 좀 아쉽네요. 공사가 드디어 시작되는군요. 바닥에 왁스칠을 해주셨다는 게 꼭 내 일처럼 기뻤습니다. 반들반들 광이 나겠네요. 고맙습니다. 나무 바닥은 관리를 해주면 도로 젊어지니 부럽군요. 잊어버리고 말씀 못 드렸는데 이맘때면 이층 북쪽 창문의 두껍닫이에 박새가 둥지를 틀고 알을 낳아 새끼를 기르니까 가만둬주세요. 그럼 안녕히. 아직 혼자 사시려나요. 굿 럭.

소노다 메아리

줄 바꾸기를 하지 않은 가로로 긴 메일. 칠십대 후반에 미국으로 이주해서 새로운 환경에 순응하고 메일까지 쓸 수 있다니 대단하다. 쇼와 첫 십 년 사이에 딸에게 '메아리'라는 이름을 지어 준 부모는 이렇게 될 것을 얼마만큼 예상하고 기대했나. 과연 소노다 씨의 부모는 다르다고 할 수밖에 없다.

그다음 주 월요일에 가나와 저녁을 먹으러 가기로 약속했지만, 조심하라고 충고하는 내 목소리가 머릿속에서 거듭 들려왔다. 들뜨지 마라, 들뜨지 마라, 구멍에 빠지지 마라.

나는 되도록 평상심을 유지하며 욕실을 청소하고, 일층 창문을 닦고, 교통비, 회의비, 자료비를 정산하고, 회사 책상 주위를 깨끗이 치우고, 감사장을 쓰고, 멍하니 생각에 잠기지 않도록 몸을 움직였다. 주말이 됐다. 하루를 꼬박 들여 지하실 벽의 검댕을 털고 정원을 깨끗이 쓸었다. 후미가 대비를 쫓아다니며 장난치는 게 재미있어서 얼마 동안 정원 안을 빙글빙글 돌며 뛰어다녔다.

토요일 밤, 처음으로 잠을 푹 잤다.

화창한 일요일, 거실 밖으로 내민 테라스 가장자리에서 후미는 둥그스름한 등과 꼬리, 귀 뒤를 보이며 정원을 바라보고 볕을 쬐고 있었다.

나는 늦은 아침을 먹고 나서 이층으로 올라왔다. 여느 때보다 발소리를 죽여 복도 끝에 있는 다다미방으로 들어갔다. 다다미 바닥에 노린재가 꼼짝 않고 있었다. 일단 못 본 셈치고 우회했다(섣불리 집어내려고 하면 배에 있는 구멍에서 악취를 뿜는다). 이사 오고 창에 단 주름식 블라인드 끈을 당겨 천천히 접어 올렸다.

짙은 갈색의 나무 창문이 블라인드 밑에서 서서히 나타났다. 아마 오십 년 전 모습 그대로일 뒤틀린 판유리. 두 개의 유리 창문을 잠그는 열쇠는 어렸을 때 우리 집에도 있었던 나사식이다. 어머니가 문단속을 하라고 시켰는데 창을 꽉 닫지 않은 채 꽉꽉 돌리는 바람에 구멍에서 삐져나온 나사로 나무 창틀에 흠집을 낸 것은 초등학교 2학년 내지 3학년 때다.

소노다 씨가 메일에 쓴 두껍닫이는 왼쪽에 있다. 그 안의 덧문은 한 번도 꺼내본 적이 없었다. 손을 넣는 틈새로 가느다란 지푸라기 조각 같은 게 여럿 튀어나와 있었다. 더 가까이 다가가서 살짝 들여다보려고 한 순간, 반지르르 윤이 나는 검은 머리의 박새가 얼굴을 내밀었다. 구슬 같은 까만 눈과 내 눈이 순간 마주쳤다. 놀랄 겨를도 없이 박새는 파득파득 날개를 치며 날아갔다. 심장이 두근거린다. 주름식 블라인드를 끝까지 올린 뒤 나는 뒷걸음쳐 반대편 벽에 몸을 기댄 채 책상다리를 하고 앉았다.

새는 바람을 많이 피운다고 책에서 본 적이 있다. 새끼의 DNA를 검사하면 다른 수컷의 새끼가 육십 퍼센트씩이나 된다는 모양이다. 원앙 한 쌍이 늘 같이 있는 것은 사이가 좋아서가 아니라 바람피우지 못하게 암컷이 감시하기 위해서라고 한다. 정말일까.

나는 북쪽으로 난 이 창문이 좋았다. 옆집에서 보이지 않도록 사이에 가시나무를 심었기 때문에 나무만 보인다. 창문에는 차양을 깊게 쳤다. 지붕에서 일정한 간격으로 내뻗은 서까래가 차양을 지탱한다. 오랫동안 아파트에 살았더니 이층 어느 방에서나 창문으로 차양이 보인다는 게 생각 외로 신선했다. 서까래를 보고 있는 것만으로도 오래된 집에 산다는 게 실감났다.

모자챙처럼 내민 차양은 집 내부의 연장 같고 나무도 불그스름하게 변색되어 마치 잘생긴 귀를 몰래 엿보는 기분이 든다. 아주 짧은 커트머리였을 때 가나의 귀. 저번에 국숫집에서 만났을 때는 머리에 가려 보이지 않았다. 가나의 귓바퀴는 얇고 커브가 작은 데다 고양이 귀처럼 언제나 차가웠다. 아아…… 틀렸다. 차양을 보고 이런 생각을 한다면 비누를 봐도 계단 난간에 손을 얹어도 문손잡이를 잡아도 가나를 떠올릴지 모른다.

차양에는 물론 실용성이 있다. 창을 열어놔도 실내에 비가 들이치지 않는다. 여름에는 햇빛을 가려줄 것이다. 비를 피하는 것은 집 안에 사는 인간만이 아니다. 서까래와 서까래 사이에 작년 말벌 벌집이 연꽃처럼 남아 있다. 박새가 두껍닫이에 둥지를 트는 것도 이 차양이 있기 때문이 틀림없다. 눈이나 입처럼 움직이지는 않아도 잠자코 남에게 도움이 된다는 점에서도 차양과 귀는 어딘지 모르게 비슷하다.

이 집에서 가장 큰 차양은 일층에 있다.

후미가 볕을 쬐던 일층 테라스 위로 크게 내민 콘크리트 부분이다. 건축 용어로는 캔틸레버. 건축가인 가즈 씨도 놀란 것처럼 이 집은 오십 년 전 주택으로는 흔치 않게 일층과 이층의 일부가 콘크리트다. 테라스보다 한층 넓은 캔틸레버가 깊은 차양 역할을 하며 다섯 평은 너끈히 될 테라스에 비를 막아준다.

처음 이사 왔을 때부터 빨래는 여기 테라스에 널었다. 출근하고 나서 비가 내려도 빨래가 젖지 않는다. 이게 꽤 고마운 일이었다.

〈그늘에 대하여〉에서 다니자키 준이치로는 일본 가옥의 큰 지붕과 깊은 차양이 실내에 자아내는 어둠의 매력을 이야기한다. 이 집 일층도 캔틸레버가 있기 때문에 모토요요기 정의 아파트에 비하면 상당히 어둡다. 그렇다고 다니자키처럼 어둠 속에 금병풍이 빛을 발하는 모습에 숨을 삼킨다든지, 어둠이 층층이 퇴적된 듯한 칠기로 바닥 모를 깊이가 있는 된장국을 맛본다든지, 그런 일상을 이 집에서 누리고 싶은 것은 아니다.

그래서 거실 테이블 위에 펜던트 조명을 달았고 벽난로 옆 소파에 플로어 스탠드, 가로로 긴 서랍장 위에는 테이블 스탠드를 놓았다. 덕분에 다니자키식 어둠이 방구석에 웅크리고 있지는 않지만, 그래도 평균적인 가정에 비하면 낮에도 꽤 어두운 편일 것이다. 소노다 씨가 샌타바버라에서 눈이 부신 것도 당연하다.

거실이 어두운 것은 창문과도 상관 있다.

벽난로가 있는 북쪽 벽에 왜 그런지 창문이 하나도 없다. 난로를 제외하면 전체가 하얀 벽이다. 이것도 실내가 한층 어두워지는 이유 중 하나였다. 무더운 시기가 되면 바람이 갈 곳을 잃어 공기가 탁해질 것 같다. 가까운 시일 내에 가즈 씨와 의논해서 이 벽에 작은 창문을 하나 내면 좀 더 자연광이 비쳐들어 밝아지고 바람도 잘 통할 것이다. 하지만 우선순위를 생각하면 그 작업은 더 있어야 할 듯했다.

〈그늘에 대하여〉를 오랜만에 다시 읽은 것은 작년 말이었다. 내가 일하는 월간지에서 다니자키의 건축 공사 도락에 대한 특집을 싣기로 해서 자료 수집 및 준비 기간 중 연보에 빨간 줄을 그어가며 특집의 축 중 하나로 숙독했다. 다니자키가 〈그늘에 대하여〉를 쓴 것은 사십대 중반 지나서였다. 뜻밖이었던 것은 다니자키의 주변이 번잡하고 정신없었던 특별한 시기에 이 수필이 쓰였다는 사실이다. 연보를 따라가다 보면 여성관계와 이사가 어처구니없을 만큼 짧은 주기로 이어진다.

도쿄 시 니혼바시 구에서 태어난 다니자키는 1923년(다이쇼 12) 9월의 간토 대지진을 계기로 간사이로 이주했다. 처음에는 교토에서 두 곳에 살다가, 이어서 롯코 구라쿠엔으로 옮겼다. 이듬해 신문에 《미친 사랑》을 연재하고 효고 현 무코 군 모토야마 촌 기타하타로 이사했다. 이듬해 여름에는 다시 교토에서 지내다가 다이쇼 15년(쇼와 원년)에 상하이를 여행하고 가을에 모토야마 촌 오카모토로 거처를 옮겼다.

다음해에는 같은 지역에서 이사하고 작업실도 빌렸다. 아쿠타가와 류노스케와 소설을 둘러싼 논쟁을 벌이고, 몇 달 뒤 아쿠타가와의 자살 소식을 듣고 장례식에 참석하기 위해 상경해서 추도문을 썼다.

《만卍》과 《여뀌 먹는 벌레》를 연재하던 쇼와 3년(1928), 마흔두 살 나이에 오카모토 우메가타니의 집 부지 내에 별동을 자신이 직접 설계해 지었다. 쇼와 5년에는 첫 부인과 이혼한 뒤 쇼와 6년에 두 번째로 결혼하고 《요시노쿠즈》를 발표했다. 일찌감치 우메가타니의 집을 팔려고 내놓고 오사카 네즈 상점 기숙사에 임시로 기거하다가 겨울에 니시노미야 시외 쇼쿠가와에 있는 네즈 별장으로 이사했다. 쇼와 7년에는 고베 우오자키 정에 집을 마련했다가 다음 달 같은 동네로 이사해서 세 번째 부인이 될 여자에게 호의를 고백했다. 이 해에 〈갈대 베기〉를 발표. 연말에 두 번째 부인과 별거하자마자 집을 팔고 모토야마 촌 기타하타에서 혼자 살기 시작했으며 쇼와 8년에 합의 이혼이 성립됐다. 《슌킨쇼》를 발표하고, 동생과 절교하고, 그리고 〈그늘에 대하여〉를 썼다.

하여간 참 정신없는 인생이다. 다니자키에 비하면 내 이혼과 이사는 아무것도 아니다. 결혼과 이혼이 한 번씩, 이사도 결혼 생활 중에 단 한 번뿐이다. 다니자키는 십 년 동안 명작을 잇따라 써내고 연애와 결혼과 이사를 밥 먹듯이 했다. 사십대 후반에 접어든 나는 여전히 착실한 회사원이고 아내와도 가나와도 헤어져 셋집에서 혼자 산다. 새로 연애를 시작할 전망은 없다. 사는 집도 이 오래된 집이 인생 최후의 보금자리가 될지 모른다. 다니자키는 이사할 때마다 대량의 책을 가지고 다녔을까. 조사해봤지만 확실한 것은 알 수 없었다.

박새의 경계하는 듯한 울음소리에 정신이 든 나는 이층 다다미방에서 몸을 긴장시키고 숨을 죽이며 두껍닫이 언저리를 꼼짝 않고 쳐다보았다. 파다다 날개 치는 소리가 나더니 박새가 두껍닫이에 날아와 앉아 안으로 쏙 사라졌다. 치치치. 새끼 여러 마리의 울음소리가 비록 불분명하기는 해도 확실하게 벽 속에서 들려왔다. 벌써 알을 까고 나온 것이다.

박새가 두껍닫이에서 다시 얼굴을 내밀고 날아오르는 것을 확인한 뒤 나는 천천히 주름식 블라인드를 내렸다. 새끼가 둥지를 떠나 두껍닫이의 역할이 끝날 때까지 당분간 이대로 블라인드를 내려놓자.

"이 집은 야채도 고기도 생선도 다 맛있거든. 뭐가 좋아?"

어깨 밑까지 자란 머리를 뒤로 묶은 가나는 카운터 오른쪽 옆자리에서 '오늘의 메뉴'를 올려다보며 말했다. 나는 오랜만에 가나의 귀를 봤다. 오랜만에 보는 반가운 귀다. 눈앞에 있건만 멀리 가버린 귀. 이 초도 볼 수 없다.

"아보카도와 참치 카르파초랑 로즈메리 닭구이랑 햇양파와 봄 양배추 샐러드랑……."

가나는 내 시선을 조금도 아랑곳하지 않고 주문할 음식을 척척 말했다. 생선은 소금구이도 조림도 프라이도 있으며 정어리 완자 국까지 있다. 야채 요리도 많고 디저트도 몇 종류 된다. 여자 손님이 많은 것도 수긍이 간다. 카운터 뒤 번쩍번쩍 광 나는 주방에서는 남자 셋이 묵묵히 주문 들어온 요리를 만들어내고 있었다. 불필요한 움직임과 말, 예의 차리는 웃음이 없어서 좋다. 가나는 일 년 전 그렇게 심각한 표정으로 이별을 통고하고 눈물을 글썽였던 사람 같지 않게 기분이 좋았다. 대체 어떻게 된 건가.

가나는 새 직장 이야기를 했다. 영국 자본의 의류 회사 본사가 이 근처에 있는데, 가나는 시즌별 팸플릿이라든지 최근 취급하기 시작한 일용품이며 문구용품, 원예용품 등의 카탈로그를 디자인하고 수비 범위 밖이었던 패키지 디자인에까지 관여한다고 했다. 까다로운 선배가 한 명 있지만 전에 다니던 디자인 사무실처럼 시종 긴장해야 하는 분위기는 아닌 듯했다. 직장을 잘 옮긴 것 같다.

나는 가나의 근황을 수로水路로 삼아 거기에 작은 보트를 띄우듯 친척의 입원이나 불행을 전할 때처럼 억제되고 평탄한 목소리로 이혼 이야기를 했다. 양고기 구이를 보며 이야기했기 때문에 가나의 얼굴은 보지 않았다. 가나는 "그래"라고 담담하게 말했다. 나는 바로 이어서 이사한 오래된 집의 개축과 집주인 소노다 메아리 씨, 회갈색 줄무늬 고양이 후미에 관해 이야기했다.

"어머, 샌타바버라. 난 언젠가 그런 데서 살고 싶어. 몬터레이라든지."

가나의 목소리가 갑자기 밝아졌다.

"가본 적이 있던가?"

"샌프란시스코에 한 번. 도시인데도 묘하게 느긋한 게 어째 숨 쉬기가 편했어. 겨울은 따뜻하고 여름은 시원하고 공기도 습하지 않고 와인도 값이 싸고 사워도sourdough 브레드도 맛있고 목조 주택도 많고."

가나는 대체 어느 정도 미래를 생각하며 말하는 걸까. 같이 살 남자가 이미 있는 걸까. 가나의 귀는 약간 발그레했다. 나는 시선을 억지로 떼어낸 뒤 잠자코 감자 샐러드를 먹고 양고기 구이를 먹으며 가나의 이야기를 들었다.

레드와인 한 병을 비웠다. 배도 불러 가게 카운터에서 가나를 기다리던 때보다 긴장이 많이 풀렸다. "그만 갈까"라는 가나에게 "어디로?"라는 말이 입밖으로 나오려는 것을 꾹 참고 어중간한 감정을 억누르듯 계산을 부탁하자 가나는 자신도 같이 내겠다고 우겼다. 작년까지는 늘 내가 돈을 냈다. 하지만 순순히 따르기로 했다.

우리 둘 다 집이 이노카시라 공원의 연못 너머에 있었다. 공원을 가로질러 주택가를 빠져나와 다마가와 상수에 이르면 가나는 왼쪽, 나는 오른쪽으로 간다.

널따란 공원은 조명이 드문드문 있어 어두웠지만, 날씨가 많이 풀렸기 때문인지 의외로 여기저기 사람들이 있었다. 중앙의 연못에 걸린 다리를 건너갔다. 수면에서 논병아리와 흰빰검둥오리를 찾아봤지만 벌써 어디 들어가서 쉬는지 보이지 않았다. 가나는 아직도 기분이 좋았다.

"국숫집에서 우연히 만나다니 진짜 깜짝 놀랐어. 어떻게 만날 수 있었던 걸까. 신기하지."

나는 "응"이라고만 대답했다. 가나는 내 오른편에 딱 붙어 걷고 있었다. 가게에 있을 때는 몰랐는데 바깥에서 나란히 걷다 보니 머리 냄새와 희미한 오드콜로뉴 냄새가 풍겼다. 오랜만에 맡는 냄새다. 가나는 어째서 이렇게 내게 가까이 붙어서 걷는 걸까. 예전 같으면 금세 손을 잡았을 텐데 그런 기색은 없다. 기억이 되살아나자 오른손을 어디에 두면 좋을지 몰라서 팔 움직임까지 점점 어색해졌다.

뭔가 그럴싸한 말을 해야 하는데 생각하면서 나는 되레 말수가 적어졌다. 가나의 왼쪽 어깨와 왼손 손가락이 자꾸만 내 재킷과 오른손에 닿았다. 그때마다 내 맥박은 도도도도 하고 빨라졌다. 사십팔 년을 살았는데도 이런 때 어떻게 행동하면 좋은지 아직 잘 모르겠다.

"혼자 사는 건 어때? 다다시 씨는 혼자 살 때가 더 느긋하고 편하지 않아?"

가나는 내 얼굴을 가까이에서 들여다보듯 하며 물었다.

"그럴지도 모르지. 남한테 신경 쓰지 않아도 되니까."

"요리 빨래 청소 뭐든 다 하고 말이지."

"책 정리만은 아직도 영 못하겠지만."

가나는 후후후 웃었다. 파스타를 삶는 물의 양, 빨래를 너는 법, 청소기를 돌리는 법, 설거지한 식기를 넣는 법…… 방식을 일단 정하고 나면 생각대로 해야 직성이 풀리는 성격을 스스로도 주체하지 못할 때가 있다. 헐렁한 성격인 데 비해 신경질적이다. 어째서 이렇게 됐는지는 나도 모른다. 어머니는 "하나부터 열까지 죄 나한테 시킨다니까"라고 푸념하고 아버지는 손 하나 까딱하지 않는다. 자신이 직접 해도 남에게 맡겨도 어딘가에 불만의 씨앗이 남는다. 멱 감기부터 털 고르기까지 뭐든 다 스스로 하는 새鳥로 태어나면 좋았을 텐데. 누구에게 불평을 듣지 않아도 되고 불평하지 않아도 되고.

"그렇지만 그거 다 일인분은 어째 어중간하다고 할지, 잘 안 되는군."

공원을 빠져나오기 직전에 있는 완만한 계단을 오르기 시작했다. 맥박이 빨라졌다. 운동 부족만이 이유가 아니다. 가나의 걸음걸이에는 변화가 없었지만 말수는 줄어들었다. 고요한 주택가를 대각선으로 지나 이윽고 상수에 다다랐다. 상수변 길은 포장되지 않은 그냥 흙길이었다. 둑에 나무가 울창해서 물은 보이지 않았다. 조용하다. 흙과 풀의 축축한 냄새. 다자이 오사무가 몸을 던져 떠내려간 상수는 당시만큼 물살이 빠르지 않다.

가나가 멈춰 섰다. 나도 멈춰 섰다. 조용했다. 먼저 입을 연 사람은 가나였다.

"맛있었지."

"그래, 맛있었어."

"또 가자."

어두운 가로등 불빛에 비친 가나의 표정은 차분했다. 바람을 쐬며 걸어서 그런지 나는 그새 술이 다 깼다. 기온도 많이 내려갔다.

"그럼 잘 자."

가나는 내 눈을 보며 말했다. 살짝 밑에서 올려다보는 **그** 눈이다.

"데려다줄까? 괜찮겠어?"

동요를 들키지 않으려고 되도록 자연스럽게 말하려고 했건만 목소리가 약간 떨렸다.

"고마워. 괜찮아, 멀지 않으니까."

가나의 목소리는 어디까지나 조용하고 흔들림이 없었다. 비집고 들 틈새가 없었다.

"그래, 그럼 조심해서 가. 잘 자."

"안녕" 하고 곧바로 돌아선 가나는 상수변 어두운 길을 동쪽으로 걸어갔다. 나는 선 채로 그녀의 뒷모습을 바라봤다. 가나는 한 번도 돌아보지 않았다.

이런 때 다니자키라면 어떻게 했을까. "어떻게 혼자 보내겠습니까"라며 반강제로 따라갔을까.

적어도 다니자키의 소설에는 이렇게 어중간한 배웅 장면은 없었지. 나는 그런 생각을 하며 커다란 짐을 깜박 두고 온 듯한 기분으로 집으로 갔다.

# 5

원고가 들어와 오케이교까지 다 끝날 때까지는 아무래도 귀가가 늦어진다. 전에 비하면 나아졌다고는 하지만 자정이 지나 집에 오는 일도 드물지 않다. 욕조에 물을 받아 몸을 담글 때면 이미 새벽 1시가 지났다.

목욕을 모르는 우주인이 내 심야의 행동을 관찰한다면 뭐라고 생각할까. 좁은 상자 바닥에 검은 마개를 끼우고 가열한 물을 받은 뒤, 알몸이 되어 상자로 들어가서는 천천히 쭈그리고 앉아 어깨까지 물에 담근다. “후우”라느니 “아아”라느니 의미를 갖지 않는 소리를 입에서 뱉어내고 나서는 눈을 감고 꼼짝도 하지 않는다.

우주인은 추리한다. 인간은 가열한 물에서 에너지를 얻는 게 아닐까. 아니면 피부의 신경세포가 물을 매개로 멀리 있는 뭔가와 교신하는지도 모른다.

꼭 빗나간 추론도 아니다. 목욕물에 몸을 담그고 있으면 하루 새 쌓인 앙금이 잡념이 되어 되살아나 차츰 안개처럼 흩어진다. 회사에서 다른 사람과 있었던 일, 불쾌한 사건, 정산하지 못한 영수증 다발, 직원 식당의 삼색 덮밥, 오늘도 쓰지 못한 저자에게 보내는 편지, 그런 것들이 떠올랐다가 사라진다. 굳었던 어깨도 풀린다. 호흡이 깊어진다. 하루의 끝에 목욕을 하면 자신이 조금은 맑아진 기분이 든다. 착각이라 해도 고맙다. 목욕은 위대하도다.

"오카다는 우아하군."

오늘 낮에 직원 식당은 웬일로 만원이었다. 딱 한 자리 비어 있던 테이블에는 식후의 커피를 마시는 영업부장 사쿠라자키 씨가 있었다. 나는 사쿠라자키 씨 맞은편에 앉았다. 살빛이 원래 검은지 볕에 탔는지 피부가 일 년 내내 적동색인 그는 어부라 해도 납득할 것 같은 풍모를 지녔다. 회의할 때조차도 말수가 적고 괜한 소리를 하지 않는 사람이건만 느닷없이 안쪽 높은 직구를 던졌다.

"우아하다고요? 아닙니다."

영업부장은 씩 웃기만 하고 대답하지 않았다. 삼색 덮밥을 먹고 있던 나는 다진 닭고기 고명을 부슬부슬 흘렸다.

내 입사 동기인 영업부원이 사내 결혼을 했을 때 사쿠라자키 씨가 중매인 역할을 했다. 나는 피로연 사회를 맡았다. 신랑신부의 소개 글을 읽는 사쿠라자키 씨의 손이 떨려 종이가 바스락바스락 요란하게 소리를 냈다. 나는 그때부터 내심 사쿠라자키 씨에 대해 좋은 인상을 갖게 됐다.

"오카다는 아직 사십대잖나. 월급은 많이 받으면서 마음 편하게 혼자 살지. 이걸 우아하다고 하지 그럼 뭐라고 하나. 아들이 있었지? 지금 몇 살이지?"

"스물두 살입니다."

"벌써 성인이군. 부양 의무도 좀 있으면 끝이야. 부모님은 어떠시지?"

"칠십대 후반인데 뭐, 정정하시죠."

"하여간 부러울 따름이군. 이걸 우아하다고 하지 그럼 뭐라고 하나."

"네에."

사쿠라자키 씨는 여느 때답지 않게 말이 많았다. 삼 년 이내로 독신 생활에 마침표를 찍어라, 쉰 살 넘은 독신은 구질구질하니까(음? 불결?……) 부모를 보살피는 것도 생각해야 한다, 나이 먹어서 혼자면 큰일 난다. 빠른 말투로 잇따라 그렇게 고하더니 일어서며 다른 곳에 시선을 둔 채 중얼거리듯 말했다.

"저번 달 다니자키 특집은 읽을거리가 많더군. 그런데 캡션 글자가 너무 작던데. 늙은이는 못 읽어."

힘을 빼고 멍하니 욕조에 몸을 담그고 있는 사이에 물이 식었다. 온수기에 재가열 기능이 없는 것이다. 아파트에 비하면 욕실의 기밀성이 깜짝 놀라게 낮다. 그 정도가 아니라 사방에 틈새가 있어 바람이 술술 샌다. 게다가 바람과 모래먼지만 들어오는 게 아니다. 꼽등이, 그리마, 공벌레 등 습기를 좋아하는 녀석들이 어느새 욕조 안이며 발판 틈새에서 얼쩡거리고 있다. 물을 틀기 전에 잘 보지 않으면 기껏 받은 물이 벌레 수프가 된다.

으스스하게 춥고 벌레들이 자유롭게 드나드는 욕조에서 목욕하는 나를 봐도 사쿠라자키 씨는 우아하다고 말할까. 말할 것 같다.

욕조의 위치도 상당히 특이했다. 바닥을 파서 묻은 게 꼭 온천의 공동 욕탕 같다. 온천의 경우 욕조 안에 계단이 있는 곳도 있는데, 바닥을 그냥 팠을 뿐인 욕조에 드나들려면 다리 힘이 제법 필요하다. 뭣보다도 미끄러질까봐 무섭다. 편백나무 벽에 빙 둘러 난간을 설치한 것은 소노다 씨의 자위책일 것이다.

욕실의 전면적인 개수 공사는 다음달 예정이었다.

가나에게서 메일이 왔다.

'다다시 씨의 오래된 집에 구경 가도 돼?'

가나의 메일은 아주 간단했다. 거기에 쓰여 있는 말 이상도 이하도 아니다. 갓 세탁한 흰 시트처럼 무덤덤하고 그저 바람에 펄럭펄럭 날렸다. 나도 따라하듯 어디까지나 무심하게 승낙하는 답신을 보냈다. 메일이 오간 끝에 이번 주 토요일에 놀러 오는 것으로 약속이 잡혔다. 목소리를 들을 일도 없이 뭔가를 정하는 것은 편하다면 편하지만 뉘앙스를 알 수 없으니 점점 불안해진다.

걸어서 오갈 수 있는 가까운 거리에 산다는 사실도 이 방문이 특별한 건지 아닌지 잘 알 수 없게 했다. 전철을 갈아타고 멀리서 오는 게 아니니까 방문의 동기가 가벼운 것이더라도 이상할 게 없다.

그래도 나는 머리를 미친 듯이 빠른 속도로 회전시켜 가나의 방문 동기에 내가 기뻐해야 할 가능성이 숨어 있는지 상세히 검토했다. 역시 모르겠다.

그 장면을 떠올려보고 당황도 했다. 나와 가나는 바로 일 년 전까지 사귀는 사이였다. 사귀는 사이가 아닌 지금, 한 집 안에서 대체 어떤 표정을 짓고 어떻게 시간을 보내면 좋은 건가. 사귀는 사이가 아닌 남녀는 뭐가 이렇게 성가시게 신경을 써야 하는 걸까.

이것저것 생각해봤자 소용없다. 아무튼 집부터 깨끗이 치우자고 생각했다. 마음을 가라앉히는 데도 청소가 도움이 된다. 회사에서도 평소에는 잔뜩 어질러놓고 지내지만 할 일이 몰려들어 머리가 복잡해지면 책상을 정리한다. 책상 위가 휀해지면 걸레를 꽉 짜서 꼼꼼하게 닦는다. 더러웠던 책상이 거짓말처럼 반짝반짝 광이 나고 손가락이 슥 미끄러질 만큼 매끄러워진다. 마음까지 가벼워진다. 그렇게까지 기분이 바뀔 것 같으면 평소에도 꼬박꼬박 치우면 될 것 같지만, 늘 깨끗하면 기분을 바꿀 기회가 없어진다. 그러니까 보통 때는 적당히 하면 된다.

공사는 이제야 겨우 부엌이 끝난 참이었다. 기존 설비와 붙박이 가구를 일단 모조리 떼어내 텅 빈 공간으로 돌려놓은 다음, 아일랜드 식탁도 식기장도 등나무 시렁 밑으로 나가는 뒷문의 문짝도 가즈 씨의 설계로 새로이 만들었다. 마루만은 폭이 넓은 밤나무 목재가 아깝다고 해서 그대로 쓰기로 했다. 딱 한 곳에 도무지 지워지지 않는 고리 모양의 얼룩이 있었는데, 이 집에 남은 소노다 씨의 낙관이라 생각하기로 했다.

아일랜드 식탁과 싱크대에는 "마침 딱 맞는 통원목 널이 있길래"라며 두꺼운 티크 원목을 써주었다. 아마기름을 먹이니 나무의 붉은색이 더욱 짙어져 야채와 과일을 올려놓으면 한층 맛있어 보였다.

감기가 도진 가나가 앓아누웠을 때 집으로 찾아가 달걀죽을 끓였던 게 생각났다. 조미료와 식용유, 식칼과 도마가 놓인 모습에서 가나의 일상이, 그 감촉이 느껴졌다. 오래 써서 길이 든 나무 주걱이며 철제 프라이팬, 작은 질냄비. 집에서 별로 요리를 하지 않는다고 했건만, 부엌은 과부족 없이 두루두루 갖춰져 있고 청결한 마 행주가 바구니에 들어 있었다. 내가 모르는 가나의 생활이 누구에게 보이는 일 없이 그곳에 있었다. 헤어진 뒤로도 가끔씩 그때 본 부엌이 눈앞에 떠오르곤 했다.

이 오래된 집의 새 부엌에서 함께 요리를 하고 설거지를 하는 일이 있을까, 하고 생각한 순간 머릿속에서 **부르르르르** 소리가 났다. 산책 나갔다가 비를 맞아 쫄딱 젖은 개가 돌아오자마자 처마 밑에서 온몸을 **부르르르르** 흔들어 물을 털듯이, 몹쓸 생각을 기운차게 떨쳐내는 소리였다.

어쨌거나 청소다. 나는 매일 시간이 나는 대로 일층 세면실,

이층 세면실, 이렇게 차례대로 독일 태생이라는 스펀지를 써서 매끈매끈해지도록 닦았다. 소노다 씨가 나중에 설치한 세면대는 깨끗이 하면 할수록 싸구려 느낌이 두드러졌다. 그래도 물때가 없어져 매끄러운 상태가 되니 만족감이 들어 나는 일시적인 평안을 얻을 수 있었다.

"어머, 어째 현대적인 집이네."

현관으로 들어온 가나는 "실례합니다"라고 말하며 케이크 상자를 내게 주더니, 천장을 올려다보고 계단을 올려다보고 다시 나를 보며 말했다.

"천장이 엄청 높다."

그랬다. 현관 위로 이층 천장널에 이르기까지 아무것도 없는 공간이 펼쳐져 있고, 뿐만 아니라 묘하게도 현관에서 봤을 때 왼쪽 벽이 이층 바닥 높이부터 뒤로 쑥 물러나 있다. 한 평 남짓 되는 넓이의 쓸모없는 어둠이 있는 것이다. 뭘 위한 공간인지 모르겠다. 천장에서 내려오는 길이 3미터쯤 되는 코드에 오래된 간유리 펜던트 조명이 달려 있다. 펜던트 위로는 흐릿하고 침침한 불빛만 비치니까 밤에 현관에 서서 올려다보면 마른 우물을 내려다보는 듯한 착각이 든다.

내가 건축가라면 현관문에서 직선으로 올라간 천장 가까운 위치에 작은 채광창을 냈을 것이다. 천장이 높은데도 흰 벽과 천장널에 가로막힌 답답한 공간. 어째서 이렇게 됐을까. 의도를 모르겠다. 중간에 무슨 사정이 있어서 설계가 변경됐을 가능성도 있을 듯했다.

슬리퍼를 신겠느냐고 묻자 가나는 필요 없다며 그냥 들어왔다. 흰 반소매 셔츠에 카키색 무릎까지 오는 반바지. 쭉 곧은 정강이 끝에 슈크림 같은 색의 짧은 양말. 친숙한 오드콜로뉴 향기. 방금 썼는지 저번 주점에서보다 형태를 더 선명하게 알 듯했다.

계획대로 일층 거실 테라스로 가나를 안내했다. 테라스를 걸레로 꼼꼼하게 닦고 흰 정원용 테이블과 의자를 준비해놓았다. 마른걸레질도 했으니 샌드위치를 떨어뜨려도 주워 먹을 수 있을 만큼 깨끗할 것이다. 이런 용의주도함이 내 한계인데, 그래도 그만두지 못하겠다. 이런 식으로밖에 못 하겠으니 어쩔 수 없다.

의자에 앉으면 산울타리 너머로 공원의 자연이 바라보인다. 마침 시원한 바람도 불어왔다. 조그맣게 벌레 먹은 구멍이 잔뜩 난 처진올벚나무의 잎사귀가 느긋한 바람을 맞아 흔들린다. 조금 전까지 처진올벚나무 밑에서 기분 좋게 바람 냄새를 맡던 후미가 보이지 않았다. 가나는 개도 고양이도 좋아하니까 보여주고 싶었지만, 후미는 내 용의주도함에 조금도 관심이 없어서 협조해주지 않는다. 뭐, 기다리면 언젠가 돌아올 것이다.

실내의 연장이면서 바깥이기도 한 테라스라면 단둘이 있어도 어색하지 않다. 시작은 순조로웠다. 홍차를 끓여 티포트를 테이블로 나르고 가나가 사 온 몽블랑과 다크체리 타르트를 흰 접시에 꺼내놓았다. 몽블랑을 산 것은 가나가 내 천편일률적인 취향을 기억하기 때문이다. 가나는 언제나 한참 고민하다가 그날 가장 먹고 싶은 것을 고른다. 오늘은 다크체리 타르트 기분이었나.

나는 연내로 마칠 예정인 공사 계획에 관해 이야기했다. 부엌 공사는 끝났고 이제부터 욕실, 이어서 일층과 이층 세면실을 손보고 나면 낡은 창틀을 새것으로 교체한다는 것. 겨울이 되기 전에 불을 땔 수 있을지 알 수 없는 벽난로를 살펴볼 생각이라는 것. 그때 벽난로가 있는 북쪽 벽에 작은 창을 하나 내고 싶다는 것도.

잠자코 듣고 있던 가나는 설명이 끝나기를 기다린 것처럼 입을 열었다.

"왜 오래된 집을 택했어?"

가나의 질문은 지금이나 예전이나 조용하고 직접적이다. 익숙해지기 전까지는 매번 당황했는데, 이내 그녀가 납득할 만한 대답을 찾아내는 게 작은 즐거움으로 변했다. 이제는 그것도 추억일 뿐이었지만.

"계속 공동주택에 살았으니까 말이지. 천장 위에도 바닥 아래에도 벽 너머에도 아무도 안 사는 곳에서 살고 싶었어."

"그럼 오래된 집이 아니라도 되잖아."

가나는 그다지 중요한 질문은 아니라는 표정으로 그렇게 말하더니 알이 굵은 다크체리를 커스터드크림과 함께 입으로 가져갔다.

"음, 왜 오래된 집이냐……."

나는 마지막으로 한 입 남아 있던 몽블랑을 먹고 나서 말을 이었다.

"오래된 걸 이것저것 손보는 게 즐겁거든. 황폐해질 대로 황폐해진 정원도 업자를 부르면 되살아나고, 다다미도 이불도 손질하면 새것이 되고, 장지도 덧문도 마찬가지야. 부엌 공사도 그랬어. 어둡지, 간장 냄새 나지, 전체적으로 기름때가 묻어 있었지만, 물론 그건 그것대로 운치가 있었지만, 싹 고쳤더니 몰라보게 좋아졌어. 수명이 다해가던 게 되살아나는 게 뭐라 말할 수 없이 기쁜 거야."

"헌옷을 사는 거랑은 다르단 말이네. 헌옷은 그냥 그대로 입으면 되잖아? 그런 게 아니라 가령…… 뭐라고 하면 좋을까. 남의 여자친구를 빼앗아서 자기 취향으로 바꿔가는 기쁨 같은 거?"

가나는 일부러 새침한 표정으로 그런 말을 했다. 나는 의미도 없이 헛기침을 했다.

"그건 좀 다르지 않을까. 말이 여자친구지, 수명이 다해가니까 말하자면 할머니야. 할머니를 자기 취향으로 개조한다고?"

가나가 웃었다. 갑자기 소노다 씨 얼굴이 떠올랐다. 비유가 시시했다고 반성했다.

"방 구경해도 돼?"

내가 "물론"이라고 대답하기도 전에 가나는 케이크 접시를 포개 들고 일어섰다. 나도 티포트와 찻잔을 쟁반에 얹어 부엌으로 날랐다.

"진짜네. 굉장히 좋은데. 여기만 보면 전혀 오래된 집 같지 않아."

부엌에 들어온 가나는 명랑한 목소리로 말했다.

"열어봐도 돼?"

등나무 시렁 쪽 뒷문과 작은 창을 제외한 벽 전체에 가즈 씨에게 부탁해 식기장을 짜넣었다. 아직 나무 냄새가 난다. 가나는 손을 뻗어 문을 좌우로 밀며 열었다 닫았다 했다. 식기장은 임시로 쓰는 식기 일인분이 들어 있을 뿐 아직 비어 있었다.

"미닫이문으로 했구나."

"여기는 좁으니까. 앞으로 여는 타입이면 이마에 부딪칠 것 같고, 둘이서 열었다 닫았다 하면 더 좁을 거야. 미닫이문은 일본의 건축 양식에서 가장 세련된 요소 중 하나니까 여러모로 편리하단 말이지."

"……둘이서 써?"

가나는 내 지론에는 반응을 보이지 않은 채 단도직입으로 물었다.

"어? 아니…… 예를 들면 그렇다고."

부주의하게 '둘'이라는 말을 해놓고 놀라서 귀가 화끈 달아올랐다.

거실로 돌아온 가나는 벽난로 앞에 쭈그리고 앉아 난로 바닥 언저리를 보았다.

"이거 진짜 벽난로지? 별로 많이 안 썼나봐. 장작을 땐 자국이 없는데."

그 말이 맞았다. 물론 굴뚝은 있고 공기의 흐름을 조절하는 댐퍼도 붙어 있다. 장작 받침대도 있다. 그런데 콘크리트 바닥에도,

벽에도 검댕 하나 묻어 있지 않았다.

"아직 써보기 전이라 불이 붙을지 잘 모르겠어. 실패하면 연기가 역류해서 큰일이니까 말이지."

벽난로 위 흰 벽에 문구용품과 주사위를 그린 정물화가 걸려 있다. 조금 떨어진 또 한 벽에는 가죽 장갑과 검은 쌍안경, 빨간 피리를 그린 정물화가 걸려 있다. 얼마 동안 두 그림을 바라보던 가나는 "이 그림, 어떻게 된 거야?"라고 말했다. 내 그림이 아니라는 것과 소노다 씨에게서 들은 화가의 운명(이혼하고 자살했다)을 들은 그대로 설명했다.

"이 화가, 자살 안 했는데."

나는 놀라 가나를 보았다.

"니시야마 도루잖아."

"알아?"

"니시야마 씨 그림을 책 디자인에 쓴 적이 있거든. 에이전트를 경유하긴 했지만 본인한테 허락도 받았고. 물론 당시 살아 있었고 지금도 살아 있을걸."

니시야마 도루는 가나가 살고 싶다고 했던 미국 서부 연안의 몬터레이에서 더 남쪽으로 내려간 빅서에 살고 있을 것이라고 했다. 빅서는 예전에 화가와 작가가 다수 모여드는 콜로니 같은 곳이었다. 지금도 인구가 적은 고급 주거지로 유명하다는 모양이다.

"게다가 그때 부인도 있었고."

"잘 아네."

"부인이 그 사람 에이전트였거든. 스페인계 미국인인데."

가나의 기억은 언제나 정확했다. 빅서에 산다는 것을 알고 관심이 생긴 가나는 니시야마의 부인이자 에이전트이기도 한 크리스티나와 사적인 연락도 주고받았다고 했다. 그렇다면 대체 어떻게 된 걸까. 소노다 씨가 거짓말을 한 걸까. 하지만 어째서 '자살했다'는 흉흉한 거짓말을 해야 했을까. 물어본 것도 아닌데.

수수께끼 같은 그림이 점점 더 의미심장하게 보였다.

"일본에선 별로 잘 안 알려졌지만 미국에선 나름대로 인기가 있을걸."

가나는 여우에 홀린 듯한 내 표정을 보고 "뭔가 사정이 있는 게 아닐까. 소노다 씨한테는 그냥 모르는 척하는 게 좋을지도 몰라"라고 말했다. 나는 "그래"라며 그저 고개만 끄덕였다.

가나는 멍하니 있는 나를 재촉해서 집 탐험을 계속했다. 거실 옆에 있는 서재, 그 너머 서쪽에 나중에 추가된 욕실, 이층의 다다미방 두 개, 책 상자가 가득 쌓여 있는 헛방까지 차례대로 안내한 뒤 마지막으로 이층에 딱 하나 있는 서양식 방인 침실로 들어갔다. 다섯 평쯤 되는 방 한가운데에 내 트윈 사이즈의 침대가 놓여 있다. 짙은 갈색 커버를 씌워놓았으니 침대를 봐도 피차 당황하지 않아도 될 것이다.

"넓네. 전망 좋은데."

"응. 여기서 이층 테라스로 나갈 수도 있어."

나는 남향 유리창의 왼쪽 옆에 있는 낡은 나무 문을 열었다. 문짝이 잘 맞지 않아 삐걱삐걱 소리가 났다. 좌우로 뻗은 복도 같은 테라스로 나오자 공원에서 아이들 목소리가 들려왔다. 기분이 가벼워졌다. 토요일 오후의 공기다.

그때 방 안에서 낯선 벨소리가 들렸다. 유리창 너머로 가나가 누군가와 통화하는 모습이 보였다. 공원에서 들려오는 다양한 소리에 묻혀 내용은 들리지 않았다. 유리창 너머에서 가나가 고개를 수그리며 눈살을 찌푸리고 뭐라 말했다. 전화를 끊은 가나가 굳은 표정으로 얼굴을 내밀었다.

"가봐야겠어. 미안."

"괜찮아?"

나는 침실로 돌아왔다. 가나는 얼굴빛이 좋지 않았다.

"자전거로 데려다줄게."

"응."

가나는 순순히 고개를 끄덕였다.

나는 뒷주머니에 지갑만 넣고 서둘러 밖으로 나왔다.

가나는 주저 없이 자전거 짐받이에 올라타 내 허리에 팔을 둘렀다. 어느새 자전거 옆에 나타난 후미가 나를 올려다보며 "카카카카" 하고 쉰 목소리로 울었다. 미안, 지금은 상대해줄 시간이 없어.

페달을 밟자 가나의 팔에 힘이 들어갔다. 그곳에서 흘러넘치는 뭔가를 뭐라 말하면 좋을까. 상수변 비포장길을 달리는 우리는 싸우고 난 직후의 커플로 보였을지도 모른다. 굳은 표정으로 자전거를 타는 두 사람.

가나는 무슨 일이 있었는지 말하지 않았고 나도 묻지 않았다. 다만 내가 같이 가주기를 원한다는 것만은 알 수 있었다. 헤어졌어도 가나의 기분은 느껴졌다. 내가 힘이 될 수 있을까. 페달이 무거웠다. 불안이 팽창했다.

"여기서 왼쪽으로."

뒤에서 가나가 말했다. 나는 브레이크를 가볍게 쥐어 속도를 늦추고 포장된 길로 좌회전했다. 그 직후 가나가 "여기야"라고 말했다.

비교적 새것으로 보이는 단독주택이었다. 문설주에 문패가 붙어 있다. '스가와라'였다. 가나의 글씨다.

자전거에서 내린 가나는 서둘러 현관으로 다가갔다. 나는 자전거를 현관 옆에 기대 세워놓으며 가나의 뒷모습을 지켜봤다.

가나가 현관문을 열었다.

어깨 너머로 어둑어둑한 복도인 듯한 게 보였다. 쭈그리고 앉은 가나 앞에 사람이 쓰러져 있었다.

가나를 올려다보며 "아아" 하고 쥐어짜듯 쉰 목소리를 낸 것은 나보다 훨씬 연상으로 보이는 남자였다.

# 6

“당신은 스가와라 씨의……”라는 의사의 질문에 가나가 즉각 “딸이에요”라고 대답했다.

의사는 가나 곁에 선 나를 올려다보았다.

“남편분이십니까?”

“아뇨…… 예전.”

나는 말을 잇지 못했다.

“예전?”

“예전…… 친구인데 쓰러졌을 때 같이 있었습니다. 구급차를 불러서…….”

의사는 내 동요에 관심을 전혀 보이지 않고 가볍게 고개를 끄덕이고는 가나 아버지의 병세를 설명하기 시작했다.

"아버님의 경우 부정맥이 일어나면 최대 사 초간 심장이 멎을 때가 있습니다. 밤에 쉬실 때라면 또 몰라도 낮에는 상당히 위험합니다. 계단 위나 현관 앞에서 의식을 잃으면 머리를 세게 부딪혀서 목숨이 위험할 경우도 있으니까요."

사 초. 숨을 멈춰봤다. 꽤 길다.

"다만 부정맥보다 치료가 급한 게 관상동맥입니다. 막히려는 데가 있어요. 심장은 혈액을 내보내는 기관이지만 심장 자체에도 물론 혈액이 필요합니다. 혈액이 영양분과 산소를 운반해줘서 심장이 움직이는 건데, 그 역할을 담당하는 게 이 관상동맥이죠."

나보다 훨씬 젊은 의사는 책상 옆에 놓인 조그만 심장 모형을 한 손으로 들어 그 위를 지나는 혈관(청색과 적색으로 구분해서 색을 입혔다)을 손가락으로 쓸었다. 같은 설명을 벌써 백 번 이상 되풀이했겠구나 싶을 만큼 막힘이 없었다.

가나 아버지의 관상동맥은 그중 하나가 거의 막힌 상태로, 여기서 혈류가 멎으면 심근경색을 일으켜 세포가 부분적으로 괴사한다고 했다.

가슴이 답답하다고 가나에게 전화를 걸었을 때, 심근경색을 일으키고 부정맥까지 생겨 쓰러진 모양이다.

“스텐트를 넣어서 혈관을 확장할 필요가 있습니다. 넓적다리 동맥에서 조영제를 넣으면서 수술을 하니까 가슴을 절개하지 않아도 됩니다. 시간은 그렇게 많이 안 걸릴 겁니다. 아버님은 일흔다섯 살이시니까 다소 위험 부담은 있지만 그냥 두면 큰일 날 수 있으니까요.”

나와 가나는 병원에서 나왔다. 배가 고픈지 아닌지도 알 수 없었지만, 걷기 시작한 지 얼마 안 돼서 눈에 띈 패밀리레스토랑에 일단 들어갔다. 10시가 지났다.

아이를 데리고 온 부부와 대학생 커플, 주변을 아랑곳하지 않고 큰 소리로 이야기하는 중년 남녀 몇 명. 생각해보니 둘이서 패밀리레스토랑에 들어온 것은 처음이었다. 종잡을 수 없는 소란스러움과 번쩍이는 조명에 구원받은 기분이 들었다. 자리에 앉은 순간 사고가 정지하고 몸에서 힘이 빠지는 것을 알 수 있었다.

주문을 받으러 온 웨이트리스의 매뉴얼에 따른 명랑하고 활달한 목소리에 정신이 들어 ‘여름 추천 메뉴’인 ‘참깨소스 중국냉면’을 시켰다. “나도 그거 할게”라고 말한 가나는 메뉴를 볼 기력도 없는 것 같았다.

"가끔씩 가슴이 답답하다고 해서 병원에 가자고 몇 번 말했는데, 아버지는 병원을 싫어하거든. 어머니가 돌아가시고 나선 정기검진도 안 받고 말이야."

"병원 좋아하는 사람은 아무도 없어."

"튜브랑 선을 잔뜩 달아야 할 것 같으면 죽는 게 더 낫대."

가나는 내 눈을 보지 않고 얼음이 든 물컵에 대고 이야기하듯 말했다.

중국냉면은 생각보다 맛있었다. 맛이 밍밍한 토마토와 오이를 먹다 보니 소노다 씨가 있는 샌타바버라의 파머스마켓에 진열된, 자신만만하게 빛을 발하는 야채가 떠올랐다. 중국냉면에는 너무 화려해서 어울리지 않을지도 모른다.

"동의서를 읽다 보니까 수술하면 죽을지도 모르는데 괜찮죠? 하고 협박하는 것 같아서 싫었어."

"괜찮아. 일본 의사들은 손재주 있는 거랑 꼼꼼한 걸로는 수준급이니까. 스텐트 시술 같은 건 전형적인 특기 분야일걸."

나는 국물에 떠오른 오이 조각을 젓가락으로 집어 입으로 가져가며 말을 이었다.

"동의서가 수술의 위험성을 가족한테 알리기 위해서란 건 거짓말이 아니지만, 나중에 소송을 걸지 못하게 하기 위한 방위책이기도 한 거야. 그러니까 무서운 점을 얼버무리지 않고 그대로 쓰는 거지."

가나는 내 설명에 전혀 반응을 보이지 않고 그냥 멍하니 앉아 있었다.

"아니…… 아버님 스텐트 시술은 거의, 저, 그러니까 걱정 안 해도 될 거야."

하마터면 연설을 할 뻔했다는 것을 깨닫고 서둘러 이야기를 끝맺었다. 헤어진 아내가 말한 적이 있었다. 그렇게 잘난 척하면서 설명하지 않아도 돼. 감탄이 나오게 설명해주는 평론가는 아무짝에도 쓸모없어. 입 다물고 할 일을 하면 되는 거야. 그게 의지가 되는 남편 아냐?

가나는 반밖에 줄어들지 않은 중국냉면 앞에 젓가락을 놓은 채 아무 말도 하지 않았다. 내 그릇은 창피할 만큼 깨끗이 비어 있었지만, 곧 지나가던 웨이트리스가 매뉴얼대로 말을 붙이며 그릇을 치워주었기 때문에 궁지를 면했다.

커피도 홍차도, 물론 디저트도 필요 없다고 하기에 나가기로 했다.

구급차를 불러 바로 병원으로 가느라 가나의 집 현관 앞에 자전거를 세워 둔 채로 그냥 왔다. 자물쇠를 채웠는지 아닌지조차 확실하게 기억하지 못했다. 가나를 데려다줄 겸 자전거를 가지러 가기로 했다.

공원을 가로질러 상수변 비포장길로 나왔다. 우리는 숲의 어둠에 집어삼켜진 것처럼 과묵해졌다. 철책 너머의 수풀에서 이제 처음 울기 시작한 것처럼 더듬거리는 벌레 소리가 들려왔다. 내 귀는 흙길을 걷는 나와 가나의 거의 소리가 나지 않는 발소리를 찾아내서 듣고 있었다.

가나는 아버지의 병세에 관해 생각하고 있을 것이다. 걸으면서 딱 한 번 더 수술은 손상도 거의 없으니 걱정할 필요가 없다고 설명하고 그 뒤로는 입을 다물었다.

밤길을 둘이서 걸어도 두근거림은 느껴지지 않았다. 내 기분은 바람도 불지 않고 비도 오지 않는 오늘 날씨처럼 잔잔했다.

가나의 집 현관 앞에서 오도카니 기다리고 있던 자전거의 자물쇠를 풀고 "그럼 난 이만. 아버님 쾌차하시길 바라"라고 하자, 패밀리레스토랑에서는 한 번도 보이지 않았던, 빛이 서린 눈으로 가나가 나를 본 것 같았다. 가나는 기분 탓인가 싶을 만큼 잠깐 뜸을 들였다가 "차 마시고 가지 않을래?"라고 말했다. "응, 그럼 그럴까." 나는 즉각, 그러면서도 애써 담담하게 대답했다. 물론 맥박은 약간 빨라졌다.

가나의 아버지가 쓰러져 있던 곳에 깔린 현관매트가 심하게 비틀리고 말려 올라가 있었다. 가나는 들리지 않을 만큼 작게 한숨을 쉬며 매트의 위치를 바로잡았다.

안경도 떨어져 있었다. 쓰러졌을 때 벗겨진 모양이다. 다리가 찌그러졌다. "고쳐야겠네"라며 안경을 집어든 가나는 현관에 선 나를 알아차리고 말했다.

"뭐 해? 들어와."

가나가 처음으로 웃었다. 나도 반사적으로 웃음을 짓는 것을 알 수 있었다. 기분 전환 스위치가 켜지면 가나는 딴 사람처럼 명랑해진다. 처음에는 무리하는 건가 생각했는데, 그건 아닌 모양이다. 사귀는 사이에 자연히 그렇게 바꿀 수 있다는 것을 알았다. 타인에게는 없는 가나의 미점 중 하나다. 한번 침울해지면 좀처럼 벗어나지 못하는 나는 도저히 따라할 수 없는 재주다. 아니, 재주가 아니라 그게 그녀의 천성이겠지만.

"응, 그럼 잠깐만."

가나는 왼편 복도 안쪽에 있는 듯한 부엌 쪽으로 갔다. 나는 신발을 벗으며 그녀의 뒷모습을 향해 조심스레 "나도 도와줄까?" 하고 말했다. 가나는 돌아보고 아까보다 훨씬 밝게 웃으며 말했다.

"고맙지만 괜찮아. 차를 끓이는 것뿐이니까 소파에 앉아서 기다려."

거실의 불을 켰다. 노인이 있는 집 특유의 냄새도 없고 집 안은 완벽하게 정리돼 있었다. 바닥은 물론 창가에도 램프 갓에도 먼지 하나 없는 것처럼 보였다. 바닥에 뭘 쌓아놓거나 선반에 물건을 어지럽게 놓거나 소파 위에 읽던 잡지나 신문을 버려두지도 않았다.

오랜 세월 쓴 듯한, 손 닿는 부분에 마호가니를 댄 안락의자에 앉았다. 1970년대 초반의 고도 경제 성장기, 내가 초등학생이던 시절에 응접실에는 가구식 컬러텔레비전과 이런 응접세트가 있었고 유리문이 달린 책장에는 헤이본샤 대백과사전이 빽빽이 꽂혀 있곤 했다. 똑같은 광경이 일본 전국의 중류 가정에 열병처럼 퍼져 있었다. 테이블 위에는 레이스 깔개와 크리스털 재떨이. 좁은 마당에는 계속 짖어대는 스피츠. 더 여유가 있는 집은 추가 장비로 업라이트피아노가 들어갔다.

아마 이 소파는 고급이었을 게 틀림없다. 가끔씩 천갈이를 하는지 커버도 깨끗하고 쿠션도 탄력이 있었다. 이런 식으로 지금까지 쓰는 집이 있다니 뜻밖이었다.

"센차煎茶면 돼? 그리고 찬 양갱이 있는데 어때? 아버지가 사

왔나봐."

"먹어도 되는 거야?"

"언제 먹을 수 있을지 모르잖아."

가나의 어조에 맞춰 나도 명랑한 목소리로 말했다.

"아버님은 단걸 좋아하시나?"

"술도 좋아하지만 단것도 좋아해. 그래서 당뇨병에 걸릴 거라고 어머니가 꽤 걱정했는데, 도쿄로 이사 왔더니 맛있는 일본 과자를 여기저기서 파니까 얼마나 좋아하던지."

"나가노 마쓰모토였지? 도쿄보다 훨씬 살기 편할 것 같은데."

"응…… 그건 그렇지만."

가나는 몸을 바로 편 뒤 말을 이었다.

"어머니가 돌아가시고 나서 이 년 지나서 오빠가 같이 안 살겠느냐고 한 게 어째 싫었나봐. 오빠가 고등학교 다닐 때까진 같이 등산도 다니고 스키도 타고 했는데, 도쿄로 대학에 가면서 서로 외면하게 됐지 뭐야. 무슨 일이 있었나 본데 어머니도 확실하겐 말 안 해주더라고."

맞은편 소파에 살짝 걸터앉은 가나의 얼굴이 약간 홍조를 띤 것처럼 보였다.

"이제 우리 집에서 같이 살지 않으시겠어요 하고 오빠가 말하면서, 그런 소리를 왜 했는지 글쎄 '이웃들 보는 눈도 있고'라고 한 모양이야. 난 이웃들 보는 눈 생각해서 사는 게 아니라고 얼마나 화를 내던지. 하지만 혼자 살기엔 집이 너무 커서 청소하고 여기저기 문단속하는 게 염증이 났나봐. 내가 도쿄로 와서 같이 사실래요? 하고 물어봤더니 의외로 그러겠다고 하더라고."

새 직장이 정해진 가나는 걸어서 출근할 수 있는 이노카시라 공원 주변에서 아파트를 찾았으나, 물건 자체가 많지 않았고 있어도 예산을 초과하는 곳뿐이었다. 기업연금과 후생연금으로 월 삼십만 엔 넘는 수입이 있는 아버지는 집세와 생활비를 반씩 내겠다고 했다. 그래서 대상을 단독주택으로 넓혀 다시 찾은 결과, 아버지와 함께 산다는 새로운 조건이 부동산 중개업자에게 좋은 인상을 주었는지, 아니면 가나에게 다소 흑심이 있었는지(이건 단순히 내가 그렇게 의심하는 것뿐인데) "이 집은 좋은 분께만 소개해드리는 물건이죠"라고 다소 젠체하며 안내해준 게 지금 집이었다.

아버지는 애용하는 가구만 도쿄로 보내고 마쓰모토의 집도 토지도 주저 없이 팔아버렸다. 나중에 안 오빠는 가나와 아버지가 한패가 돼서 자신을 모욕했다며 불같이 화를 내서 한동안 시끌시끌했다. 아버지는 마이동풍이니 공격의 화살이 전부 가나를 향하는 바람에 지금도 소원하게 지냈다. 아버지가 쓰러진 것도 당분간은 말할 생각이 없다고 했다.

가나와 함께 살게 된 아버지는 아침 일찍 청소와 빨래를 시작해 오전 중으로 집을 구석구석 깨끗이 치우고 나면, 전철을 갈아타고 경로 우대 할인이 되는 영화를 보러 가거나 백화점 국숫집에서 점심을 먹거나(가나를 우연히 만난 국숫집을 처음 발견한 사람은 그녀의 아버지라고 한다) 공원을 산책하고 그 김에 동물원에 가거나 도서관에서 책을 빌려오거나 가나가 부탁한 장을 보거나 한다. 저녁이 되면 마음에 든 동네 주점에서 가볍게 요기하고 가볍게 마시고, 가나가 집에 올 즈음에는 직접 물을 받아 목욕하고 NHK의 〈뉴스워치 9〉를 보고 나서 취침. 이렇게 규칙적으로 생활했던 모양이다. 가나에게 부담을 주지 않겠다고 결심한 듯했고 간섭도 하지 않았다. 아버지와 딸이라기보다 셰어하우스의 주민 같은, 어딘지 모르게 담백한 관계였다.

"그렇지만 말이지, 난 유산은 안 남겨줄 거다, 땅이랑 집 판 돈도 다 써버릴 거다, 넌 네가 번 돈으로 알아서 살아라, 그러지 뭐야." 가나는 소리 내서 웃었다. "별로 사치하는 것도 아니면서 위세 좋은 소리는. 그래서 내가 그거 좋은데요, 신나게 쓰세요, 라고 했거든. 남으면 오빠가 용돈으로 쓸지도 모른다고. 그랬더니 그 녀석한테는 빚을 남겨줄 거다, 라나. 후후후, 너무하지."

벌써 12시가 지났다.

그만 가야겠다. 소파에서 일어선 내게 가나가 "고마워"라며 손을 내밀었다. 나는 가볍게 악수하듯 가나의 손을 잡았다. 친숙한 얇은 손바닥이었다.

"다다시 씨가 있어줘서 정말 도움이 됐어. 고마워."

눈가가 살짝 붉었다. 그리고 가나가 쓰러지듯 내 품에 안긴다…… 그런 장면이 뇌리에 떠오른 순간, 가나 쪽에서 손을 놓았다. "어두우니까 조심해서 가고. 자전거 라이트 꼭 켜."

가나는 감상적인 분위기를 떨쳐버리듯 생긋 웃었다.

"고마워. 그럼 잘 자."

자전거를 타고 밤길을 홀로 돌아오는 내 머리 위에는 커다란 물음표가 떠 있었다.

가나는 어째서 아버지와 함께 살 생각을 했을까.

만약 그때 사귀는 사람이 있었다면 아버지에게 동거를 제안하는 일은 없지 않았을까. 사귀는 남자가 없었다 해도 앞으로 그런 만남이 있을지도 모른다는 생각은 안 했나. 이제 남자라면 신물이 난다고 생각했을까.

현관 옆에 자전거를 세우자 후미가 곧바로 나타나 평소보다

또렷하게 울며 내 발치를 빙글빙글 돌았다.

"미안. 밥 못 먹었지? 금방 줄 테니까 잠깐만 기다려."

댓돌 위에 트레이를 놓기 무섭게 후미는 얼굴을 처박고 홍얼홍얼 사료를 먹었다. 그리고 물을 마시고 나를 올려다보더니 몸을 부르르 떨고 귀를 한두 번 꿈틀거린 다음 정원의 어둠 속으로 유유히 사라졌다.

밤하늘을 올려다봐도 별은 보이지 않았다. 멀리서 규칙적인 소리가 들려온다. 낮고 짧은, 처음 듣는 소리…… 소리가 아니다, 뭔가의 울음소리다. 작은 동물의. 나무 공동 속에서 울리는 것 같은 소리. 후오, 후오, 후오……. 간헐적으로, 같은 장단으로, 울음소리가 이어졌다. 한번 귀에 들어오고 나니 더욱 똑똑히 들렸다. 틀림없다. 올빼미 울음소리다.

솔부엉이? 공원의 어느 큰 나무에 앉아 우는 걸까?

유튜브에서 '솔부엉이'로 검색해봤다. 몇 개 올라와 있는 솔부엉이 동영상으로 울음소리를 확인했다. 똑같았다. 음색도, 간격도 완벽하게 일치했다.

후오, 후오, 후오…… 불안을 부추기는 듯한 소리였지만 생각해보면 수컷 솔부엉이가 암컷 솔부엉이를 향해 우는 게 틀림없다. 구애하는 울음소리. 암컷을 못 찾은 채로 늦가을이 돼서 짝을 짓지 못하고 하는 수 없이 동남아시아로 돌아가는 수컷도 있을까.

얼마 동안 계속 듣고 있었다. 뭔가가 빨리는 듯한, 뭔가가 스며드는 듯한 울음소리. 온몸이 귀가 된 내가 그저 멍하니 듣고 있었다.

긴 하루였다.

가나는 아주 가까이 있었고, 그렇지만 역시 여전히 멀리 있었다.

침대에 누운 뒤로도 후오, 후오, 후오…… 하고 솔부엉이의 낮은 울음소리가 이어졌다. 끝날 때를 모르고 참을성 있게 되풀이하며 그치지 않고 울었다.

예정보다 시간은 걸렸지만 가나 아버지의 수술은 성공했다.

그러나 전신마취에서 깨어난 가나의 아버지는 명백하게 이상했다.

자신이 왜 병원에 있는지 알지 못했다. 팔에 주사바늘이 꽂혀 있고 심전도, 맥박, 혈압, 산소량을 측정하는 기기가 몸 이곳저곳에 연결돼 있다는 것을 이해하지 못했다. 표정과 목소리에서 억양이 느껴지지 않았고 꼭 다른 사람이 된 것 같았다.

며칠 지나도 상태는 달라지지 않았다. 오히려 기력을 회복한 만큼 성가신 언동을 하게 돼서 간호사나 가나가 달래고 설득하는 장면이 늘었다. 입원중이라고? 이제 퇴원할 때가 됐을 텐데. 자, 집에 가자.

불이 꺼진 뒤 주사바늘을 빼고 가슴에 연결했던 코드를 북북 떼어내 잠옷을 벗고 옷을 갈아입은 다음 집에 가려 했다.

노인이 전신마취 수술을 받으면, 의식을 되찾아도 치매가 급속히 진전된 것처럼 기억력과 판단력이 저하되는 일이 종종 있다고 했다. '술후 섬망'이라고 하는 모양이다. 가나의 아버지는 이것이었다.

정신이 몽롱한 가운데 집에 가겠다는 마음은 어디서 생겨나는 걸까. 만약 내가 지금 술후 섬망 상태가 된다면 돌아갈 집은 소노다 씨의 집일까. 아니면 내 발은 모토요요기 정의 아파트로 향할까.

거의 날마다 가나에게서 메일이 오게 됐다. 아버지의 상태와 의사 이야기가 쓰여 있었다. 걱정이 돼서 같이 병원에 가줄까 하고 답신을 보냈지만, 가나는 고마워, 괜찮아, 라고 했다. 지금 시점에서 내가 할 수 있는 일은 없는 듯했다. 분명한 사실은 가나가 완전히 지쳤다는 것뿐이었다.

토요일 저녁, 병원에서 오는 길에 잠깐 들러도 돼? 하고 가나에게서 전화가 왔다.

"물론이지. 저녁 해줄 테니까 먹고 가지?"

망설임 없이 자연스럽게 말이 슥 나와 속으로 놀랐다.

여주와 돼지고기 어깨살을 사다놓은 게 있어서 오늘 저녁은 오키나와식 여주 볶음을 만들 생각이었다. 냉장고에 있는 재료를 생각할 때, 그 밖에는 해초 초무침, 토마토 샐러드, 바지락 된장국 정도일까. 나머지는 갓 지은 밥. 맥주도 아직 남아 있다. 거창한 요리를 해주는 것보다 되레 마음 편하고 좋을 것이다.

공사 덕에 깨끗해지고 쓰기 편해진 부엌에서 음식을 해서 다른 사람에게 먹이는 것은 생각해보면 이번이 처음이었다. 상대가 가나가 될 줄은 이 집에 세 들 때 생각도 하지 못했다.

쌀을 두 홉 씻어 전기밥솥에 안치고, 음식을 시작하기 전에 거실의 테이블을 치우고 깨끗이 닦았다. 주위에 의자를 놓으면 여덟 명은 거뜬히 앉을 수 있는 직사각형 테이블이었다. 혼자 사는 사람에게는 너무 크지만, 결혼한 뒤로 내내 테이블이 컸기 때문에 크기를 줄일 마음이 나지 않았다. 비슷하게 큰 테이블을 찾아 사들였다.

정원 구석에 피어 있던 괭이밥 꽃을 꺾어 조그만 빈병에 꽂고 테이블 중앙에 놓았다. 잡초 같은 것이라도 꽃이 없는 것보다는 있는 게 낫다.

초무침과 토마토 샐러드를 만들어 냉장고에 넣어놓았다. 된장국도 이제 된장만 풀면 되고, 여주는 가나가 온 다음 볶자, 라고 생각하는데 초인종이 울렸다.

가나는 역시 피곤한 얼굴이었다.

"오 분만 더 있으면 되니까 테이블에 앉아서 기다려."

오늘은 내가 신경 써서 웃음을 보여야 한다. "고마워"라며 거실로 들어간 가나는 금세 부엌으로 돌아왔다.

"아, 여주 볶음이다."

프라이팬으로 여주를 볶는 내 뒤에서 들여다보며 말했다.

"좋아해?"

"응." 가나는 기쁜 표정으로 말했다.

가나는 맛있다, 맛있다, 하고 혼잣말처럼 말하며 식사를 했다. 맥주를 꿀꺽꿀꺽 마시며 열심히 덥석덥석 먹는 모습이 어딘지 모르게 후미와 비슷했다.

디저트로 수박을 잘랐다. 작가가 편집부로 보내준 미우라 반도의 맛있는 수박이었다. 가나는 스푼을 쓰지 않고 초등학생처럼 직접 베어 물었다. 나도 똑같이 했다. 가나의 표정이 차츰 부드러워지는 것을 알 수 있었다.

너무 많이 먹었나? 미안하지만 잠깐만 쉬어도 될까? 가나는 그렇게 말하며 테이블 뒤에 있는 이인용 소파의 팔걸이를 베고 누웠다. 별로 잠을 못 잤는지 순식간에 잠들었다.

나는 무방비하게 잠자는 가나의 얼굴에서 눈을 떼지 못했다. 지금까지 자는 얼굴을 본 적이 있던가. 좀 더 가까이에서 보고 싶다. 나는 가나가 깨지 않도록 살며시 다가갔다.

가나의 오드콜로뉴, 머리 냄새.

아아, 틀렸다. 나는 갑자기 브레이크가 말을 듣지 않게 된 나 자신을 깨달았다.

# 7

기척이 느껴져 자다가 깼다.

열어놓은 침실 문 언저리에 뭐가 있었다.

밤늦게까지 공원 큰 나무들에서 매미 울음소리가 들리더니 지금은 고요했다. 대체 몇 시쯤 됐을까. 멀리 떨어진 곳에서 까마귀가 건성으로 까악 울었다. 솔부엉이의 울음소리가 들렸던 것은 딱 일주일뿐, 다른 곳으로 날아갔는지 그 뒤로는 못 들었다.

몸을 긴장시킨 채 침대 위에서 복근만을 이용해 살짝 머리를 들었다.

문 쪽을 살펴보았다.

카, 카카카.

쉰 목소리가 들렸다. 복도 바닥에 고양이의 윤곽이 흐릿하게 보였다. 뭔가의 약한 빛을 받아 두 눈이 빛났다.

"안 돼, 안에 들어오면."

작은 목소리로 후미에게 말했다. 밖에서라면 바로 다가와서 내 다리에 몸을 비비는데, 문밖에 앉은 채 방 안으로 들어오려 하지 않았다.

"왜 그래?"

후미는 밖에서 사는 고양이라 일층 테라스까지만 들어올 수 있었다. 소노다 씨가 훈련을 잘 시켰는지 후미가 똑똑한 건지, 내가 이곳에 살기 시작한 뒤로도 방 안에 들어온 적은 없었다.

가까이 다가가서 쭈그리고 앉자 목을 골골거리는 소리가 들렸다. 내 얼굴을 보며 또 카카, 카카카, 하고 운다. 손가락으로 후미의 뺨과 미간 언저리를 가볍게 문질러주었다. 후미도 머리를 들이밀었다.

이런 밤중에 무슨 변덕이 났는지 침실로 찾아온 후미가 갑자기 사랑스러워졌다. 후미의 양 옆구리에 두 손을 넣어 안아 올렸다. 보드랍고 가볍다. 달짝지근한 탄내 같은 동물 냄새와 흙냄새가 희미하게 난다. 내 눈과 코 앞에서 골골거리고 있다.

침대 위에 후미를 살며시 내려놓고 옆에 앉았다. 후미는 여름용 타월 담요에 코를 처박고 냄새를 맡는가 싶더니 곧 두 팔을 번갈아 움직여 메이크 브레드를 시작했다. 골골 소리가 더욱 커졌다. 나는 다시 침대에 누웠다. 발 언저리에 후미가 있다. 순식간에 잠이 와서 눈 깜짝할 새에 의식이 흐려졌다.

아침에 깨자 후미는 보이지 않았다. 몸이 나른했다. 못 일어나고 누워 있으려니 지난주 토요일 밤에 있었던 일이 또다시 첫 장면부터 재생됐다.

클로즈업된 가나의 얼굴.

"어?"

소파에서 졸던 가나는 내가 다가가는 것을 어떻게 알았는지 귓가에서 자명종이 울린 것처럼 갑자기 눈을 떴다. 눈을 평소보다 한층 크게 뜨고 나를 올려다보더니 숨을 헉 들이쉬듯 말했다.

"왜? 무슨 일 있어?"

가나는 벌떡 일어나 얼굴에서 부품이 빠지지 않았는지 확인이라도 하듯 열 손가락으로 입과 이마와 눈꼬리와 코를 만졌다. 그러고는 허둥지둥 손으로 머리를 매만지고 블라우스 자락을 끌어내렸다. 쿠션 테두리에 닿았던 뺨이 약간 붉었다.

"깜박 잠이 든 것도 몰랐네. 미안해." 가나는 그제야 생각난 것처럼 급히 꾸민 웃음을 지었다. "아냐, 괜찮아." 나는 그렇게 말하는 게 고작이었다.

모르기는커녕 가나는 내 마음을 순식간에 알아차렸을 게 틀림없다. 어깨에 살며시 손을 얹으면 자고 있던 가나가 천천히 눈을 떠 미소를 지으며 내 목에 두 팔을 두른다. 이런 고전적인 망상은 제임스 스튜어트나 그레이스 켈리가 나오는 영화에서나 있을 수 있는 일이다. 물론 눈앞의 현실 속에서는 일 초도, 1밀리미터도 가능성이 없다. 그래도 멋대로 폭주하는 망상을 막을 길이 없었다.

나는 뒤로 조금 물러나 웃음을 지으려 했지만 잘 되지 않았다. 삼류 배우조차 못 될 형편없는 연기였다. 일 분 전 가나에게 다가가려고 했을 때 고조됐던 감정은 이미 이십억 광년 저편으로 날아가버렸다. 절대 영도로 차갑게 식어 정체불명의 검고 찌그러진 덩어리가 됐다.

"차…… 줄까."

나는 그 말만 하고 부엌으로 후퇴했다. 가나는 세면실로 갔는지 세수하는 듯한 물소리가 멀리서 들려왔다.

가나는 명백히 내게 마음을 써주고 있었다. 끓인 물을 식히지도 않고 바로 부어 떫은 센차를 아무 말 없이 마셨다. 나도 같이 침묵하는 사이에 꽁꽁 얼었을 검은 덩어리가 반성도 할 줄 모르고 조금씩 녹기 시작했다. 애초에 병원에서 오는 길에 집에 들러도 되느냐고 물은 사람은 가나다. 게다가 식후에 그렇게 무방비하게 소파에 누운 사람도 가나고. 실제로 뭘 한 것도 아니겠다, 켕길 필요는 전혀 없지 않나.

머릿속에서 다른 목소리가 말했다.

그럼 왜 그때 가나를 끌어안지 않았지? 그랬다면 가나는 싫어했을까? 그냥 가만히, 난폭하지 않게, 살며시 끌어안았다면 어떻게 됐을 것 같나? 여전히 소심하고 끝마무리가 허술하군.

차를 다 마시자 여느 때의 티 없는 웃음을 되찾은 가나는 "이만 갈게"라고 말했다. "식사 고마워. 맛있었어."

가나는 데려다주겠다는 내 제안을 만면에 웃음을 띠고 적당히 받아넘긴 뒤 혼자 갔다.

그날 밤 나는 과음을 했다.

그로부터 일주일 가까이 지났다. 그런데도 우울해서 가끔씩 소리를 지르고 싶어졌다. 일하는 동안에는 대체로 잊고 지낼 수 있는데 혼자가 되면 가나의 놀란 표정이 기억에 되살아났다. 지하철을 타도 길을 걸어도 그때 얼굴이 떠올랐다.

어째서 그렇게 자꾸 나타나 사라지지 않느냐 하면 우리가 사귈 때는 본 적이 없는 표정이었기 때문이다.

이렇게 혼자 사는 것은 마음이 편했다.

청소도 요리도 아내가 있다는 긴장감이 없으니 게으름 피울 수 있을 때는 자꾸 게으름 피우게 됐다. 기껏 넓은 벽을 가득 메우게 책꽂이를 짰건만, 거기서 꺼낸 책을 테이블 위나 침대 옆 스툴, 소파 위, 화장실 선반에 놓아두었다(아내와 살 때는 엄금됐던 행위다). 부엌 싱크대와 욕실, 화장실도 본격적인 청소는 한지 오래됐다(이것도 내 담당이었다). 그 때문에 가나가 온다는 말을 듣고 서둘러 청소했다.

딱 하나, 청소기를 꼬박꼬박 돌리는 것만은 게을리하지 않았다. 맨발로 걸으면 나무 바닥이 더러운 것을 금방 알 수 있다. 예전 같으면 걸레가 출동하겠지만, 요새 청소기는 파워 브러시가 붙어 있기 때문에 시간을 들여 꼼꼼히 밀면 바닥이 매끄러워진다. 이건 혼자 살면서 새로 생긴 습관이었다.

변화가 없는 것은 일이었다. 있던 편집부에 여전히 있고, 바쁜 것도 똑같다. 이전과 다른 게 있다면, 원고가 들어와 오케이교를 마칠 때까지 바쁜 시기를 제외하면 되도록 일찍 집에 가게 된 것이다. 젊었을 때는 늦게까지 야근하고 아드레날린이 분비돼서 묘한 흥분 상태로 새벽 2시에 퇴근해 술 마시러 가도 아무렇지 않았다.

마흔 살이 넘으면서 몸이 일찍 집에 가고 싶어하게 됐다. 하지만 잡지 편집부는 운명 공동체라는 분위기가 있다 보니 가고 싶어도 갈 수 없을 때가 있다. 자신이 담당하는 일이 끝나도 전후좌우 책상에 아직 일하는 부원이 있으면 같이 저녁을 먹으러 가게 된다. 한 시간 반, 두 시간 걸려 식사를 하고 나면 배가 부르니 이번에는 일의 능률이 확 떨어져서 어느새 보면 막차 시간이다. 경기가 나빠져 택시 이용권도 쓸 수 없게 된지라 막차를 놓치면 불편한 숙직실 침대에서 자야 한다.

인테리어 공사가 진행된 것도 귀가가 빨라진 이유였다. 낡은 모직 카펫을 모조리 들어내자 그 밑에서 질 좋은 졸참나무 마루가 나타났다. 마루의 때를 벗겨내고 왁스를 칠해 광택을 냈다. 욕실에는 전자동 욕조를 들이고 벽에 흰 타일과 편백나무를 썼다. 일층과 이층 화장실에는 온수 세정 변기를 들이고, 비닐 타일을 뜯어낸 다음 마루를 깔았다. 세면실에는 흰 도기 세면대와 큰 거울, 조명을 설치했다. 콘크리트에 흰 페인트를 칠한 천장에는 밤나무 널을 댔다(그러면서 천장이 많이 낮아져 미국 동부의 콜로니얼 양식 주택 같은 분위기가 됐다). 서재와 이층 침실은 벽 전면에 책꽂이를 짜넣었다. 펜던트 조명은 르클린트 제품을 방마다 각각 다른 타입으로 달기로 했다. 가을이 되면 오십 년 된 낡은 창문을 나무 창틀(건축가 가즈 씨가 찾아다주었다)로 된 이중창으로 교체할 예정이었다.

겨울 전에 벽난로도 쓸 수 있게 되면, 내가 은밀히 동경하던 덴마크 키에홀름 저택과 조금은 비슷한 분위기의 실내가 일단 아쉬운 대로 완성될 것이다. 키에홀름 저택의 사진을 보여주자, 가즈 씨는 쓴웃음을 지으며 "키에홀름은 좋죠, 좋은데, 똑같이는 안 돼요"라고 말했다. 흰 벽과 원목, 가죽 소파, 벽 전체에 책꽂이를 설치한 서재. 하지만 공사가 진행되면서 아주 조금은 근접한 것 같다. 그렇게 호의적인 눈으로 보는 사람이 나 하나뿐이라 해도.

지난 두어 달 동안 지출이 꽤 컸지만 나는 만족했다. 언젠가 여유가 생기면 폴 키에홀름이 디자인한 등나무 헌팅 체어를 이 층 다다미방에 놓고 매미 소리를 들으며 낮잠을 자고 싶다. 사십 대 후반에 이렇게 물욕 넘치는 꿈을 꾸다니, 헤어진 아내는 물론 아들에게도, 아니, 가나에게조차 도저히 말할 수 없지만.

"앞으로 삼 년 단위로 노후화되는 집을 보수해야 합니다. 오래된 집은 돈이 꽤 많이 들거든요. 경제적인 면만 따지면 헐고 새로 짓는 게 더 싸게 먹힌다는 건 분명하죠. 그렇지만 이 집은 보살필 가치가 있으니 말이죠…… 복잡하군요."

이곳에서 집과 함께 나이를 먹어 혼자 사는 노인이 된 나를 상상했다. 하지만 만약 소노다 씨가 갑자기 귀국하게 될 경우에는 일 년 이내로 이사한다고 약속했다. 그때는 공사 비용 절반과 이사 비용을 소노다 씨가 부담해주기로 돼 있었다. 현재 소노다 씨는 샌타바버라가 마음에 든 것 같고 아들 가족과도 잘 지내는 것 같으니 갑작스레 귀국하는 일은 없을 것이다. 하지만 인생은 언제 무슨 일이 벌어질지 아무도 모른다.

아들은 유학중인 미국에 그대로 남을 생각인 것 같다. 감정에 좌우되지 않는 성격에 부모의 보살핌을 필요로 하지 않는 아들은 부모보다 훨씬 먼저 자립했다. 지난달 우연히 만난 아는 이에게 헤어진 아내가 아파트를 팔려고 내놓았다는 말을 들었다. 물론 헤어진 아내에게서는 아무 말도 듣지 못했고, 그에 대해 불평할 처지도 아니다. 하지만 아파트가 팔리고 나서 만에 하나 아들이 귀국한다면 어디로 가게 될까. 십중팔구 어떻게든 하기야 하겠지만, 자신이 자란 집이 없어진 게 서운하지는 않을까.

아들에게도 언젠가 배우자가 생길 것이다. 하지만 나 자신은 이제 새로운 만남이 있을 것 같지 않았다. 우연히 호감 가는 여자가 나타난다 해도 그 뒤 식사에 초대하고, 두 사람의 개인사며 취향, 사고방식, 라이프스타일을 맞춰보고, 메일 등등을 주고받으며 호의를 전할 생각을 하면 다소 귀찮다. 타인과 한 지붕 밑에서 살아갈 자신도 별로 없다. 나는 가족이 아니라 좋은 집을 원하는 게 아닐까. 그런 의심이 고개를 쳐들었다.

차도 처분해서 없다. 전철이나 버스, 자전거로 데이트를 한다는 것도, 중학생 시절로 돌아간다면 가능할지 모르지만 이제는 차라는 이름의 밀실이 없는 상태에서 어떻게 행동하면 좋을지 짐작도 가지 않는다.

그래도 차가 없는 생활에 많이 익숙해졌다. 퇴근길에 역 근처 백화점 식품 매장에 들러 초가을 가다랑어 회, 단바사사야마의 풋고추, 미노스케의 두부, 가지 조림을 사서 얇은 장바구니에 넣어서 들고 매미가 요란하게 울어대는 공원을 가로지른다. 역 앞 하모니카 골목에도 괜찮은 가게가 많이 있을 것 같았지만, 지금은 장을 한 번에 보고 싶어서 역 쇼핑센터나 백화점 지하매장을 이용했다.

마중 나온 후미에게 밥을 주고, 쌀 한 홉만 쾌속 모드로 밥을 짓고, 된장국을 끓이고, 석쇠에 풋고추를 구워 가다랑어포를 듬뿍 얹고 간장을 쳐서, 갓 지은 밥에 올려 가다랑어 회와 함께 먹는다. 요새는 외식을 잘 하지 않았다. 어느새 맥주 양도 꽤 많이 줄어 거의 말짱한 정신으로 식사를 마칠 때가 늘었다.

저녁을 먹고 설거지를 하고 나서 시계를 보면 8시 좀 지났다 하는 날도 가끔 있다. 디브이디로 영화를 보다가 잠이 든다. 잠이 깨서 라디오로 NHK 뉴스와 일기예보를 들으며 욕조에 물을 받는다. 12시면 벌써 침대에 누워 있다. 예전 같으면 생각할 수 없었던 생활이다.

눈치 볼 필요가 없다. 방귀도 마음껏 뀔 수 있다. 다만 아무 저항도 없이 시간이 스르스르 지나가는 것은 정말이지 심심하다. 외롭다면 외롭다. 하지만 이 심심함에도 차츰 익숙해졌다.

언제부터인가 후미가 매일 밤 침실에 들어오게 됐다. 방구석의 헌 타월을 깐 방석 위에서 자는가 싶더니 침대에까지 올라왔다. 비 오는 날이면 발바닥에 묻은 진창을 걸레로 닦아주기 시작했다. 벼룩 잡는 약도 목덜미에 발랐다.

이렇게 후미와 함께 지낸다면 혼자 사는 것도 나쁘지 않겠다는 생각이 들었다. 소노다 씨도 이 집에서 내내 혼자 살지 않았나. 처음 만났을 때 소노다 씨는 내게 말했다. "웰컴 투 아워 킹덤 오브 소로." 외로운 왕국에 오신 것을 환영합니다. 그렇다, 외로워도 이곳은 왕국이다.

귀찮은 일은 이제 됐다. 이 오래된 집에서 조용히, 석양이 저물듯 나이를 먹으면 되지 않나. 노후 대비만 확실히 해두면 누구에게 부담을 주지도 않을 것이다.

토요일 일이 있고 나서 나는 진심으로 그렇게 생각하기 시작했다.

가나에게서는 여전히 자기 아버지의 상태를 알리는 메일이 왔다. 입원중의 일시적인 증세라고 해석했던 '술후 섬망'이 며칠 전부터 더욱 심해져 낮에는 간호사 대기실에 의자를 준비해 앉혀놓는다고 했다. 간호사가 항상 보고 있는 그곳에서는 눈을 감고 반쯤 잠든 상태로 얌전하게 지낸다. 소등 시간이 돼서 병실로 돌아가면 침대에서 빠져나오거나 선이며 튜브를 잡아뜯지 못하도록 구속대로 고정한다. 그러면 낮에 잔 반동으로 잠을 못 이루고 사나운 표정으로 두 팔에 멍이 들 만큼 세게 구속대에서 팔을 빼려고 한다. 커다란 갓난아기처럼 소리를 지른다. 그렇게 반복하는 나날이었다.

요새 얼마 동안 아버지의 정신 상태를 걱정하는 메일이 이어졌었다. 그런데 메일을 열어보자 스텐트 시술 뒤 수치가 안정돼서 방사선과 심전도 검사 결과 문제가 없으면 내일모레 퇴원하기로 됐다고 쓰여 있었다.

가나는 아버지의 퇴원을 바라는 한편으로 자택 요양의 어려움도 인식하고 있었다. 평일 낮에 풀타임으로 일하니, 아버지가 퇴원하고 나면 공적 서비스라도 이용하지 않는 한 보살필 수 없다. 책과 인터넷으로 방법을 이것저것 조사한 모양이다.

장기요양 인정을 신청하는 것도 꽤나 번거롭다. 퇴원 후 담당자의 방문 면접을 받고 담당 의사가 보고서를 제출하면 비로소 심사가 시작된다. 신청이 수리되기까지 이 주일쯤 걸린다고 한다. 장기요양 인정을 받아도 그것으로 어디까지 커버할 수 있는지는 실제로 해보기 전까지는 모른다.

'이런 제도가 있어도 혼자 사는 노인이나 돌봐줄 사람이 가까이에 없는 사람은 어떻게 하나 싶어.'

가나는 메일에 그렇게 썼다.

간병에 대해 지금까지 생각해본 적도 없었다. 부모는 어쨌거나 잊고 지낼 수 있을 만큼 건강한 데다, 내가 간병 서비스를 받더라도 아직 한 삼십 년은 여유가 있을 것이다. 있기를 바란다. 인간은, 아니 적어도 나는, 필요한 상황이 되기 전까지는 구체적으로 생각하지 않는다.

'내일 택시로 집으로 모실 거거든. 정말 뻔뻔한 부탁인데, 혹

시 시간 되면 같이 가줄 수 있을까? 직전에 이렇게 멋대로 부탁해서 미안해. 무리는 하지 말고.'

그런 말로 메일을 마무리했다.

가나는 이제 내 애인이 아닌 것이다. 가나에게 나는 예전 생각이 나서 반갑고 다소는 의지가 되는, 근처에 사는 연상의 친구 같은 존재인 것이다. 친구로서 도와주면 된다.

퇴원은 아침 10시에 할 예정이었다. 나와 가나는 그보다 조금 이른 9시 반에 병원으로 갔다.

가나는 세면도구와 잠옷, 속옷, 실내화 등을 보스턴백에 재빨리 꾸렸다.

"스가와라 씨, 오늘은 퇴원하신다고 6시 전에 일어나서 바로 옷을 갈아입으셨답니다."

젊은 간호사가 웃으며 설명했다. 가나의 아버지는 폴로셔츠와 바지로 갈아입고 휠체어에 앉아 있었다. 나는 머리를 숙여 인사하고 "오카다라고 합니다. 거들러 왔습니다"라고 말했다.

"누구신가?"

가나의 아버지는 표정을 잘 알 수 없는 얼굴로 그렇게 말했다. 치매 노인이라고 하면 그런가 보다 할 것 같은 표정이었다.

"……오카다입니다."

"도와주러 왔어요. 제가 좋아하는 사람이에요."

가나가 뒤에서 명랑하게 말했다.

'좋아하는 사람'이라고?

"……그래요. 고맙군요."

아버지는 아무것도 보고 있지 않은 표정으로 그렇게 말했다. 가나가 내 등을 가볍게 쳤다.

고마운 게 '도와주러'와 이어지는 걸까, 아니면 '좋아하는 사람'과 이어지는 걸까. 지금 그런 생각을 해봤자 소용없다는 것은 알아도 내 머릿속은 뱅뱅 헛돌았다.

가나의 아버지는 아무 말 없이 조용했다. 퇴원을 반기는 표정 같지 않았다. 가나는 내게 보스턴백과 손가방을 주고는 "미안, 난 수납 창구에 갔다 올 테니까 이거 택시로 운반해줄래?"라고 말했다.

나는 무거운 짐을 양손에 들고 현관 로비로 향했다.

# 8

혼자 힘으로는 휠체어에서 일어설 수 없는 가나의 아버지를 부축해서 택시 뒷좌석에 앉혔다. 그리고 휠체어를 병동에 돌려주러 갔다.

앞으로는 휠체어 없이 지내는 셈인데 그런 게 가능할까. 불안에 시달리는 사람은 내가 아니라 가나 쪽일 테고, 지금의 나는 스가와라 마사히로와 스가와라 가나 부녀가 기다리는 병원 현관 앞 택시로 서둘러 돌아가는 것 외에 달리 할 수 있는 일이 없었다.

택시에 타는 순간 고개를 돌려 병원 건물을 올려다보니, 무인도로 가는 나룻배가 밧줄에서 풀려나 바다로 흔들흔들 나가는 것처럼 의지가지없는 기분이 들었다.

가나의 아버지는 택시 안에서 한 마디도 하지 않았다. 그렇게 '집에 가겠다'고 소란을 피웠으면서 기쁜 내색이 조금도 없이 찌무룩한 표정이었다. 말을 하지 않고 표정이 없는 것만으로 사람은 이렇게까지 차가운 인상을 주는 것이다.

마음속 깊은 곳에서 끓어올라 생기 있게 반짝이는 표정이 있는가 하면, 상대방의 가슴에 감동을 주며 깊이 스며드는 말도 있다. 하지만 일상에 언제나 그런 말과 표정이 넘치는 것은 아니다. 그 순간을 적당히 넘기기 위한 지혜로서의 말과 표정도 있다. 가나의 아버지는 그조차도 빼앗긴 것 같았다.

'술후 섬망'에서 회복되려면 얼마나 걸릴까. 아니면 이대로 노망이 드는 걸까. 만약 그렇게 되면 가나의 생활은 이전 같을 수 없을 것이다. 이렇게 택시를 타고 지나치는 거리 풍경을 바라보는 동안에는 판단을 유보할 수 있다. 하지만 직무에 충실한 택시는 가장 빠른 경로를 달려 익숙한 골목으로 진입했다. 택시가 가나의 집 바로 앞에 멈춰 서자 현실이 눈앞에 나타났다.

이 주간 입원했던 가나의 아버지는 놀랄 만큼 다리 힘이 없었다. 두 발로 서는 게 고작이고 옆에서 부축해주지 않으면 걷지도 못했다. 누군지도 모르는 내 왼팔을 꽉 붙들고 한 걸음, 한 걸음

나아갔다. 가나가 크고 또렷또렷한 목소리로 "왼발부터 디뎌요" "거기 높낮이가 다르니까 조심해요"라고 지시를 내리면 그 말에 따르려는 움직임과 기색이 팔을 통해 내게도 느껴졌다. 얼이 거의 빠졌어도 딸의 진지한 목소리는 이해하는 것이다.

현관에서 집 안으로 올라서는 높이 약 20센티미터의 턱이 마지막 난관이었다. 가나가 한 발씩 신발을 벗기고 내가 천천히 끌어올리듯 해서 아버지의 오른발, 이어서 왼발을 차례대로 현관홀 바닥에 올려놓았다. 가나에게 손가락 하나 대지 않는 내게 가나의 아버지는 몸을 기대고 온 체중을 실었다. 내가 대체 어떤 사람인지 조금도 관심을 보이지 않은 채.

오카다 다다시 씨에게

오늘 고마웠어. 고생 많았지. 큰 도움이 됐어.

아마존에서 보행기, 샤워용 의자, 성인용 기저귀, 보청기용 리튬 건전지를 한꺼번에 주문했어. 전부 내일 배송된대. 참 빠르지? 고마운 일이야, 정말로.

좀 전에 취침 전 네 번째(!)로 화장실에 갔을 때 내 힘으로는 도저히 부축해줄 수 없다고 세게 말했더니, 벽에 손을 짚고 비슬비슬 걸어가서 처음으로 혼자 화장실까지 갔지 뭐야! 옆에서 거들어는 주되 한껏 치켜세우는 작전으로 되도록 자력으로 해결하게 할 생각이야. 적당한 선을 가늠하기가 쉽지 않지만 상태를 봐가면서 정해야지.

장기요양 신청이 수리되면 비용을 십 퍼센트만 부담하고 난간을 설치할 수 있나봐. 조사원이 방문하는 게 내일모레니까, 신청이 수리될 때까지는 어떻게든 인력으로 버텨야 할 텐데.

미안하지만 다다시 씨한테 부탁할 게 또 있어.

지금은 일층 다다미방에 자리를 깔고 주무시는데, 누워 있다가 일어서기까지가 매번 여간 힘든 게 아니거든. 요 위를 몇 발짝 걷는데도 휘청거리다가 넘어질 것 같아 꽤 위험하네. 역시 침대가 좋을 것 같아.

이층 아버지 방에서 일층으로 침대를 옮기고 싶은데 혼자서는 무리라서. 미안하지만 내일, 벌써 오늘이 됐지만, 혹시 시간 되면 도와줄 수 없을까?

자꾸 부탁만 해서 미안해.

저녁은 의외로 잘 드셨어. 식사하면서 이쿠코는 어디 갔느냐고 해서 어머니는 돌아가셨잖아요, 라고 대답했더니 멍한 표정을 지었다가 그래, 그랬지, 라고 하시더라고. 슬픈 표정이었어.

난 내일부터 일주일간 연차를 쓸 거야.

다다시 씨는 지금 색 교정 할 때지?

오케이교 앞두고 바쁠 텐데 미안.

가나

'스가와라 가나'가 아니라 '가나'라고만 쓴 이름을 뚫어지게 쳐다봤다. '다다시 씨'라고 쓴 부분도 보고 또 봤다. 겨우 그뿐인 글자를 매달리는 듯한 심정으로 보고 있는 나 자신이 한심했다.

남자 중학생의 두개골에서 도무지 빠져나오지 못하겠다. 머리로는 하잘것없는 미련인 줄 알아도 쉽게 떨쳐낼 수 없었다.

어쨌거나 침대를 분해했다가 재조립하는 것쯤이야 간단한 일이었다. '알았어. 내일 아침 회사에 가기 전에 들르지'라고 한 줄 써서 바로 보냈다.

내일은 일찍 일어나야겠다 싶어 컴퓨터를 대기 모드로 바꾸고 목욕했다. 평소보다 더 꼼꼼하게 양치를 하고 만일을 위해 메일을 한 번 더 체크한 다음 침대에 누웠다. 망상에 가까운 생각을 하는 사이에 깊이 잠든 모양이다.

휴대전화 벨소리에 갑자기 잠이 깨서 실눈을 뜨고 눈부시게 밝은 액정 화면을 확인했다. 새벽 2시 45분. 방석에서 자고 있었던 듯한 후미도 휴대전화 벨소리에 깼는지 천천히 걸어 나가는 모습이, 안경을 쓰지 않은 흐릿한 시야 한구석으로 보였다.

"자는데 깨워서 미안해."

가나였다.

"무슨 일 있어?"

"아버지가 화장실 가다가 다다미방에서 부엌으로 나가는 데서 턱에 걸려 넘어졌는데 움직이질 않으셔."

목소리가 떨렸다.

"의식은 있으시고?"

"머리를 부딪힌 게 아니라 무릎 꿇고 털썩 주저앉은 거니까 심하게 다치진 않았을 것 같은데, 그런데 아무리 해도 안 일어나셔. 이대로 그냥 둘 수도 없고."

"내가 갈까?"

"미안하지만 그래 줄 수 있어?"

자전거로 오 분이면 간다. 그러나 엎어져서 꼼짝도 하지 않는 가나의 아버지를 일으키는 것은 보통 일이 아니었다. 부엌 리놀륨 바닥에 왼뺨을 딱 대고, 왼팔은 몸 옆으로 힘없이 뻗고, 오른손은 얼굴 앞에, 신음소리도 내지 않고, 아픔을 참는 것 같은 기색도 없이 그저 누워 있었다. 눈을 감았지만 자는 것 같지는 않았다. 뭔가를 포기한 듯한 얼굴. 원인은 알 수 없지만 컴퓨터가 먹통이 된 것 같은 상태로 보였다. 다시 켜는 수밖에 없다. 얼굴을 바짝 갖다대고 큰 소리로 말했다.

"스, 가, 와, 라, 씨. 제 말 들리세요?"

반응이 없다.

"이대로 그냥 계시면 구급차를 불러서 도로 병원에 가야겠는데, 어쩌시겠습니까?"

도로 병원에 간다는 부분을 강조해서 말했다. 눈이 살짝 떠졌다. 목소리가 들리는 것이다. 병원이라는 말에도 반응했다. 내 부모도 아닌데 갑자기 자기 식구에 대해 느끼는 것 같은 짜증이 치밀었다.

"부축해드릴 테니까 스가와라 씨도 일어나려고 노력하시는 겁니다. 안 되면 구급차예요."

그렇게 말한 다음, 두 팔을 겨드랑이 밑으로 넣고 가나 아버지의 몸을 왼쪽으로 기울이듯 해서 끌어올렸다. 환자를 돌보는 일을 전문적으로 하는 사람이라면 절반 이하의 힘으로 가능했을지도 모른다. 일단 어중간한 정좌 같은 자세가 된 상태에서 일으켜 세우려고 계속 끌어올렸다. 요통이 있는 내게는 상당히 위험한 작업이지만 어쩔 수 없다. 어금니를 악물고 배에 힘을 주어 그럭저럭 일으켜 세웠다.

가나의 아버지가 꼭두각시 인형처럼 불안정한 자세로 섰다. 가나가 왼팔을 잡아 부축했다.

"아버지, 걸으세요."

가나가 앞장서서 화장실을 향해 걷기 시작했다.

"걸으시네. 걸으실 수 있네요. 잘 걸으시는데요. 아버지, 우리 화장실까지 걸어가요."

가나는 명랑한 목소리로 말했다.

두 사람이 함께 화장실로 들어가 부스럭거리는 동안 거실 소파에 앉아 기다리기로 했다.

화장실에서 나온 가나의 아버지는 딸의 부축을 받으며 비슬비슬 걷고 있었다. 나는 뒤에서 지켜봤다. 맥이 빠지는 광경이었다. 부엌에서 쓰러진 채 꼼짝하지 않은 것은 대체 이유가 뭐였을까.

한 가지 확실한 사실은 이런 일이 매일 반복된다면 가나가 버티지 못하리라는 것이었다.

두 사람의 뒷모습을 지켜보던 나는 문득 정신이 들었다. 이곳에 있는 나는 대체 누구인가. 가나의 부름을 받고 한달음에 달려와 한밤중에 그녀의 아버지를 부축해 일으키고 화장실에서 나와 잠자리로 돌아가는 두 사람의 뒷모습을 이렇게 멍하니 보고 있는 나는.

가나를 도와주는 게 싫은 것은 아니다. 앞으로도 부르면 달려올 것이다. 내가 어떤 존재인지 누가 답해주기를 바라는 것도 아니다. 그래도 내 감정에 화살표를 붙일 수 있는 어떤 전망이나 방향성 같은 게 있으면 좋겠다. 상황에 맡기고 그때그때 대응해봤자 이내 지칠 대로 지쳐 진이 빠질 것이다. 공중에 뜬 상태에서 발을 움직인들 허공을 저을 뿐 앞으로 나아가지 못한다.

사귀기 시작해서 헤어지기까지 가끔씩 가나를 슬프게 했다. 어쨌거나 나는 기혼자였으니까. 전망 같은 것도, 화살표도 없이 상황에 내맡긴 채 사귀었다. 가나도 공중에 뜬 상태에 지칠 대로 지쳐 진이 빠져서 헤어지게 됐다. 지금에 와서 그것을 실감했다.

이 정도 도움으로는 따라잡지 못할지도 모른다. 이제 와서 그때 빚을 갚아야 하는 것이라면 화살표는 향후 전망을 가리키는 게 아니라 지금 이곳에 있는 나를 향하는 셈이다.

이튿날 오전 중 이층 침실의 침대를 분해해서 일층 다다미방으로 옮기고 가나와 함께 조립했다. 그동안 가나의 아버지는 옆 거실 소파에 앉아서 신문을 무릎 위에 올려놓은 채 눈을 감고 있었다. 나는 점심을 먹고 가라는 말을 거절하고 출근했다.

그날 오후 실내에서 혼자 걷기 위한 보행기가 아마존에서 배달돼 가나의 아버지는 그것을 잡고 걷는 연습을 시작했다. 욕실에서 안전하게 앉을 수 있는 샤워용 의자도 왔고, 입원중에는 쓰지 않았던 보청기가 다시 두 귀에 꽂혔다. 밤이건 낮이건 화장실까지 미처 못 가는 일이 있어도 괜찮도록 구입한 성인용 기저귀 한 달 분량도 왔다. '아마존 만만세야'라고 가나가 메일에 썼다.

이어서 그다음 날 장기요양 신청에 대한 조사 방문이 있었다. 아버지의 상태는 날이 갈수록 조금씩 안정됐고 회복의 조짐이 보이기 시작했다.

그런 소식은 전부 메일을 통해 안 것이고 그 뒤 집으로 불려가는 일은 없었다. 매일 오케이교 작업에 쫓겨 한밤중에 퇴근했기 때문에 갑자기 오라고 해도 아마 못 갔을 것이다. 매일 날이 저물면 휴대전화를 회사 책상 위에 올려놓고 마음의 준비만은 해두었다. 오케이교 기간이라는 것을 잘 아는 가나는 마음을 써주는 건지 하루가 끝날 무렵 그날의 상태를 짤막하게 알리는 메일만 보냈다.

퇴원하고 일주일이 되는 최종 오케이교 날. 자정이 지나 색 교정 체크가 겨우 끝나고, 한잔하러 가자는 말이 나온 게 밤 12시 반이었다. 그때 마치 오케이교가 끝나기를 기다린 것처럼 전화가 왔다.

"여보세요, 스가와라인데. 지금 회사야? 오케이교 끝났어?"

나는 주위를 둘러보며 목소리를 약간 낮추었다. 편집부원 전원이 가나를 잘 알고 있었거니와 여태 가나 이야기를 하는 사람도 있었기 때문이다.

"응, 방금."

"고생 많았어. ……이런 시간에 미안하지만 집에 가는 길에 잠깐 들러주면 안 되겠지?"

"……."

손목시계를 봤다. 이 시간에 택시를 타면 늦어도 1시 반까지는 도착할 것이다.

"또 무슨 일 있었어?"

"아니, 잠깐 이야기 좀 하고 싶어서. 그러니까 무리는 하지 말고."

저쪽 작업용 테이블에서 고참 편집부원인 나카가와가 나를 기다리는 것처럼 힐끔거리고 있었다.

"알았어. 가는 길에 들를게."

전화를 끊자 교정지 봉투를 든 나카가와가 히죽거리며 내 책상으로 다가왔다.

"제법이신데요, 오카다 씨. 애인이 만나자고 해요?"

"그런 거 아냐."

"에이, 얼굴에 다 쓰여 있다고요. 오케이교 끝나고 밀회라니 우아하네요. 부러워라."

나는 교정지가 가득 든 봉투를 빼앗듯 받아들고 술 마시러 가는 동료들과는 반대 방향에 있는 인쇄소 야간 창구에 봉투를 갖다 주러 가는 역할을 맡았다. 회사 앞에서 택시를 잡았다. 인쇄소에 들른 뒤에는 고속도로를 타고 서둘러 가기로 했다.

고속도로를 벗어난 심야의 거리는 땅에서도 나무 위에서도 벌레 울음소리가 잔뜩 들려왔다.

머릿속을 가득 메우고 있던 빨간 글씨로 뒤덮인 교정지가 멀어져갔다.

이 고요한 동네에 가나와 그녀의 아버지, 그리고 내가 몸을 의탁하듯 살고 있는 이유는 뭘까. 우연 같지는 않았다. 새삼 신기한 기분이 들었다.

택시에서 내리자 문 닫히는 소리를 들은 것처럼 현관문이 살짝 열렸다. 가나가 상체만 내밀고 생긋 웃었다. 가슴 설렜다.

"왔어?"

가족을 맞이하듯 말했다. 다녀왔습니다, 라고 대답할 수 있을 만큼 뻔뻔하지도 배짱이 있지도 않은 나는 늦어서 미안, 이라고

만 했다.

"가방 놓고 한잔하러 가지 않을래?"

"뭐? 지금?"

"공원 근처에 늦게까지 하는 작은 바가 있거든."

"아버님은?"

"괜찮아. 침대로 바꾼 덕에 혼자 일어나서 혼자 화장실에 갈 수 있게 됐거든. 섬망도 많이 안정됐고."

"정말 괜찮으려나."

"응, 걱정 없어."

우리는 가로등이 흐릿하게 비추는 이노카시라 공원 안을 지나 바까지 걸어갔다.

공원 동쪽, 연못을 향해 내려가는 비탈 도중에 있는 바였다.

실내에 아주 작은 소리로 찰리 파커가 흐르고 있었다. 카운터 자리만 있는 가게다.

안쪽 가장자리에 젊은 남녀 한 쌍이 있을 뿐이었다. 이야기에 열중하는 사이에 시간이 흘러 술기운도 올랐는지 둘 다 흐리멍덩한 표정으로 조용히 앉아 있었다.

아직 삼십대로 보이는 말이 없을 듯한 바텐더가 검게 광택이 나는 프라이팬으로 프렌치오믈렛을 만들고 있었다. 달콤한 버터

냄새가 난다.

카운터에 앉아, 오는 길에 들었던 가나 아버지의 이야기를 계속했다.

"병원에선 그렇게 날뛰었으면서 집에 오니까 역시 안심이 되는지 꽤 많이 안정됐거든. 그렇지만 가끔씩 마쓰모토에서 살던 집이랑 헛갈리는지 욕실 위치가 바뀌었군, 같은 말도 하긴 해."

"아직 혼란스러우신 거군."

"가끔 이상하긴 하지만 눈빛은 원래대로 돌아왔으니까 좋아지긴 한 것 같아. 병원에 있을 땐 아버지 눈이 아니었으니까."

젊은 남녀가 프렌치오믈렛을 나눠 먹고 있었다. 우리는 한동안 즐겨 마셨던, 고추가 든 보드카인 페르초브카에 윌킨슨 진저에일을 섞고 얼음과 라임 즙을 넣은 칵테일을 부탁했다.

가나는 지금 일어나고 있는 일, 앞으로 일어날 듯한 일을 쉬지 않고 이야기했다.

장기요양에 관한 면담에서 팔다리의 움직임을 조사할 때 묘하게 허세를 부리는 아버지에게 어쩐지 실망했다는 것. 밤중에 갑자기 콜라가 마시고 싶다며 사러 가려고 하는 바람에 결국 대신 편의점에 가야 했는데, 사 왔더니 코 골면서 자더라는 것. 약의 종류와 양이 하도 많아서 가끔 먹었는지 안 먹었는지 알 수 없어져서 테이블 가득 약을 늘어놓고 "그거 참 이상하네" 하며 몇 번이고 약을 센다는 것. 가나는 "장기요양 인정을 받으면 낮엔 데이케어를 이용해야지, 안 그럼 일도 못 하겠어"라고 말했다.

나는 계속 듣기만 했다. 가나는 스카치위스키를 마시고 이어서 칼바도스로 옮겨갔다. 잔에 크고 동그란 얼음이 들어 있었다. 가나는 정말 맛있는 것처럼 "맛있다"고 말하며 '같은 것'을 세 잔 연이어 주문했다. 나는 도중에 그만 마시고 가나가 취해도 괜찮도록 대비하기로 했다.

가나는 이따금 고삐가 풀린 것처럼 술을 마시는데, 오늘이 아마 그런 날인가 보다. 나를 불러낸 것도 자신이 취했을 때를 생각해서일지도 모른다. 하지만 어쩔 수 없다. 가나는 지난 일주일 동안 혼자서 아버지 곁을 지키며 수발을 들었다. 마시고 싶은 만큼 마시게 하자.

지금 이대로는 곤란해. 지금 이대로는. 같은 말을 하고 또 하는 것도 가나가 취할수록 나오는 버릇이었다. 옛날 생각이 났지만 '지금 이대로는'에 심각한 느낌도 들어 있었던지라 옛날을 그리워만 하고 있을 때가 아니었다.

헤어지자는 말이 처음 나왔을 때도 "지금 이대로는 곤란해"라고 했던 것 같다. 내 약한 취기는 점점 더 말짱하게 깼다.

젊은 남녀는 어느새 사라졌고 영업 종료 시간도 벌써 오래전에 지난 다음이었다. 찰리 파커는 연주를 그만두고 바텐더는 조명을 환하게 키웠다. 가나는 열다섯 번째쯤 될 "지금 이대로는 곤란해"라 말하고 눈을 감더니 내 오른쪽 어깨에 기대고 잠이 들었다.

나는 그 자세로 계산을 하고 도무지 깰 성싶지 않은 가나를 등에 업고 가기로 했다. 의자에서 굴러 떨어지지 않도록 조심해서 업는 것을 바텐더가 잠자코 적절하게 거들어주었다.

깊이 잠든 탓도 있겠지만 가나는 생각보다 무거웠다. 상수변길을 걸어 돌아오며 나는 대체 누구일까 하고 속으로 중얼거렸다. 이윽고 이 무게 전체가 그저 사랑스럽게 느껴지기 시작했다. 가나의 뒷무릎이 양 손바닥에 느껴졌다.

가나를 업은 채 열쇠를 꺼내 문을 열기는 쉽지 않았다. 그럭저럭 현관 안으로 들어가기는 했지만, 이층으로 올라가려면 힘들 테고 또 위험할 것이다. 게다가 침대에 눕히는 것을 상상한 순간 지난번 실수가 되살아났다. 그런 추태는 두 번 다시 부리고 싶지 않다. 이층에는 화장실도 없었다고 기억한다. 계단을 올라가지 않고 일층 거실 소파에 눕히기로 했다.

옆 다다미방에서 가나의 아버지가 자고 있다. 되도록 소리가 나지 않게 살며시 눕혔다.

신발을 벗기자 가나가 으응, 하고 신음했다. 얼굴이 새파랬다. 미간에 깊게 주름이 잡혔다. 나는 급히 욕실에서 세숫대야를 가져왔다. 과음의 영향이 생각보다 빨리 나타났다. 나는 등을 쓸어주며 이제 편해질 거야, 애썼어, 하고 말하고 가나의 뒤통수가 떨리는 것을 지켜보았다.

진정되기를 기다려 대야를 치우고, 물수건으로 얼굴을 닦아주고, 찬물을 주려고 부엌으로 갔다. 일주일 전 가나의 아버지가 쓰러졌던 장소를 곁눈으로 보며 냉장고에 들어 있던 생수를 컵에 따랐다.

인기척에 돌아보자 가나의 아버지가 보행기를 치켜들려 하고 있었다. 나는 컵을 든 채 경직됐다.

"도우, 기야!"

말이 어눌한 가나의 아버지가 '도둑이야'라고 한 것임을 알 수 있었다. 눈에 힘이 들어가 있었다.

"아, 아닙니다. 오카다예요. 가나 씨의, 전, 그 뭐냐, 친구고, 저번에도……."

횡설수설하며 변명을 시도한 나는 금세 할 말을 잃고 좌우지간 진정하자고 찬물을 한 모금 마셨다.

# 9

기척에 깨어난 가나는 아버지에게 도둑 취급을 받은 나를 힘없는 목소리로 변호하고 궁지에서 구해주었다. 아무리 그래도 이런 시간에 웬일이냐, 당치도 않다, 라며 화풀이를 하듯 보행기를 내던진 아버지는 구부정한 자세로 비슬비슬 다다미방으로 사라졌다. 아니, 보행기 없이도 걸을 수 있지 않나. 머리가 아프다는 가나에게 물과 위장약을 준 다음, 다시 소파에 누운 그녀에게 담요를 덮어주고 집으로 돌아왔다.

긴 밤이었다. 두 시간도 안 돼서 날이 밝을 것이다.

가나의 무게를 등에 느끼며 샤워를 했다. 이도 닦지 않고 침대에 벌렁 누웠다.

비몽사몽간에 후미가 침대 위를 걷는 것을 느낀 게 마지막이었다. 눈을 떠보니 이미 토요일 점심때가 지난 뒤였다.

메일을 확인했지만 가나가 보낸 것은 없었다. 아직 자고 있을지도 모르겠다.

오후에 기분 전환을 겸해 장을 보러 갔다. 퇴근길에 들르는 역 쇼핑센터나 백화점 지하 식품 매장이 아니라 역에서 조금 떨어진 고급 슈퍼마켓까지 자전거를 타고 갔다.

하늘이 높다. 트레이에 질서 정연하게 늘어놓여 오븐에 넣어지기를 기다리는 버터롤처럼 조개구름이 떠 있다. 공기도 건조하고 얼굴에 닿는 바람도 시원하다. 요 근래 좋은 일이라곤 아무것도 없었지만 그래도 자전거를 달리다 보니 마음이 가벼워졌다.

일은 싫지 않지만 쉬는 날은 기쁘다. 평소에는 토요일 아침이면 일찍 일어나서 맨 먼저 하는 생각이 '이번 주말에는 뭘 먹을까'다.

오늘은 다진 고기를 재료로 쓴 음식이 먹고 싶다. 만두를 잔뜩 빚어 저녁으로 먹을 분량만 내놓고 냉동하자. 두부와 토마토, 물냉이를 넣은 중국식 계란탕. 갓 지은 밥. 오늘 저녁은 그렇게만.

내일 아침은 버터를 듬뿍 바른 하얀 식빵에 계란 프라이. 온야채 샐러드. 밀크티가 제일 맛있는 계절이 돼서 기쁘다. 점심은

갓을 넣은 볶음밥에 꿀에 절인 매실 장아찌. 계란탕 나머지. 저녁은 가나가 가르쳐준 주점까지 걸어가서 파와 뱅어 샐러드, 새끼 양고기 구이, 돌김 리소토를 먹자.

혼자 사는 주말의 메뉴는 내가 직접 하든 밖에서 사 먹든 진지하게 생각하는 게 좋을 것 같았다. 자칫 방심하면 얼려놓은 밥을 전자레인지로 해동해 인스턴트 카레를 끼얹고 끝이 될 일이다. 그래서는 기껏 새로 단장한 부엌이 불쌍하다.

가나는 이번 주말도 아버지와 둘이 식사를 할 것이다. 음식을 대접하고 싶어도 내가 나설 차례가 아니다. 아버지를 소중히 생각하는 마음은 이해할 수 있었다. 머리로는 이해하겠는데 어딘가가, 뭔가가 석연치 않았다. 가로수나 가드레일에 묶여 주인이 쇼핑을 마치고 돌아오기를 기다리는 개의 심정을 알 것 같았다. 짖어도 안 되고 움직여도 안 된다. 낯선 사람에게는 꼬리를 흔들지 말 것.

가나는 당분간 이런 식으로 해나갈 생각일까. 가나는 그래도 괜찮은 걸까. 내가 혼자 생각해본들 어떻게 될 일도 아니지만.

슈퍼에 도착했다. 늘 두는 곳에서 자전거 스탠드를 세웠다.

널찍한 부지에 선 단층 건물인 고급 슈퍼를 볼 때마다 남 일이지만 언제까지 버틸 수 있을지 걱정된다. 토요일은 그렇다 쳐도 평일에 가면 손님의 팔십 퍼센트, 아니 구십 퍼센트는 고령자다. 가격표도 보지 않고 쇼핑할 수 있을 만큼 유복해도 그들이 뭘 많이 사는 것은 아니다. 자식은 독립했고 식사량은 줄어든 노부부 두 사람의 생활. 또는 혼자 사는 생활.

아오야마 거리에 있는 본점과는 꽤나 다른 광경이다. 도무지 장 보러 온 사람 같지 않게 비싸 보이는 옷을 입고 십인 가족을 먹이나 싶을 만큼 식료품을 산처럼 쌓은 카트를 밀고 가는 삼십 대 손님은 이곳에서는 거의 찾아볼 수 없다.

이십 년 뒤에도 나는 이곳에서 장을 보고 있을까. 점포는 물론이고, 노인을 친절하게 상대하는 여자 점원도, 쇼핑백에 물품을 담는 것을 거드는 중년 남자 점원도, 인상이 좋은 정육 매장 청년도, 변하지 않을 리 없다.

지금 나는 미래에서 타임머신을 타고 날아와 이미 없어진 슈퍼마켓을 그리워하며 보고 있는 게 아닐까. 조용한 공간에서 조용히 움직이는 노인들의 모습은 어딘지 모르게 금방이라도 꺼질 것처럼 연약한 게 흡사 환상처럼 보였다.

이미 정년퇴직을 해서 후생연금과 기업연금으로 먹고살고 있을 이십 년 뒤에는 설사 점포가 남아 있더라도 이곳에서 장을 볼 여유가 없을지도 모른다. 멍하니 그런 생각을 하는 사이에 계산대에서 계산이 진행되어 빠른 속도로 디지털 숫자가 늘어갔다. 총 금액이 일만 엔을 약간 넘었다.

"이 카드로 계산하시겠습니까?"

여자 점원의 목소리에 정신이 들었다. 조금 비싼 발사믹 식초와 고시히카리 쌀 5킬로그램을 산 탓일까. 혼자 사는 사람의 장인데 조금 과하다. 하지만 이제는 먹여살려야 할 가족도 없다. 대학원에 진학한다고 해서 달러화 계좌에 약간 큰 액수를 입금해준 뒤, 매달 얼마를 보내면 되느냐고 아들에게 묻자 "장학금이 나오고 학교에서 아르바이트도 할 거니까 기본적으론 안 보내주셔도 돼요"라고 했다. "그래, 그러렴. 그것도 경영학 공부니까"라고 전처가 선뜻 말했다. 현재 아들에게 한 푼도 보내지 않는다. 그래서는 아니지만 어쨌거나 일하는 동안은 이 정도 사치는 인정해주지?...... 하고 누구에게 허락을 구할 것도 아니고 스스로를 납득시키기로 했다.

집으로 돌아와 냉장고에 식품을 넣고 나니 큰일을 마친 기분이 들었다. 방금 사 온 원두를 갈아 커피를 끓이고, 역시 방금 사 온 붕어빵을 먹고, 감씨 과자를 먹고, 소파에 벌렁 누웠다. 쿠션을 벤 순간 몸에서 힘이 빠지고 아무것도 하기 싫어졌다.

공원에서 들려오는 단조로운 캐치볼 소리. 뛰어노는 아이들의 목소리. 지금은 미국 대학원에서 필요한 일만 하며 효율적으로 경영학을 공부하고 있을 게 분명한 아들도 예전에는 불필요한 움직임을 꼬박꼬박 하는, 딱히 유별난 데가 없는 초등학생이었다.

잡지 오케이교 작업으로 밤을 새우고 난 일요일. 어린이집에 다니던 아들을 데리고 신주쿠교엔으로 소풍을 갔다. 깅엄체크 매트 위에 누운 순간 곯아떨어져 요란하게 코 골고 자는 바람에 아내의 노여움을 샀다. 아들은 절대로 잡을 수 없는 비둘기를 질릴 줄도 모르고 쫓아다니고 있었다.

비 오는 주말 오후, 신문지를 말아서 만든 방망이와 광고지를 뭉쳐 만든 종이 공으로 거실 운동장에서 종이 공 야구를 했다. 유학중인 학교에서 야구를 하고 놀았을 때 안타를 여러 개 쳤더니 '이치로'라는 별명이 붙었다는 메일이 있었다. 아들은 종이 공 야구를 기억할까.

초등학교 고학년으로 올라가자 함께 노는 시간이 빠른 속도로 줄었다. 중학교 입시학원이 끝나는 시간에 만나서 같이 집에 왔다. 옆에 붙어 숙제도 봐주었다. 산수는 내 능력 밖이라 그것만은 아내가 시원시원하게 가르쳐 성적이 부쩍부쩍 올랐다.

원하던 중학교에 들어가자 아들은 말수가 확 줄었다. 학교 암

벽 등반 동호회에 들어가 귀가 시간이 늦어졌고 토요일에도 동아리 활동 때문에 학교에 갔다. 집에는 나와 아내뿐. 아들은 색색의 조그만 돌기를 잡고 수직의 벽을 기어 올라가는 동안 소파에서 뒹굴뒹굴하고 있으면 정리 마니아인 아내가 나타났다. "지금 한가해? 유리 청소랑 욕실 청소랑 할 일이 많은데." 빈 시간에 딱 맞는 양의 집안일이 마치 노린 것처럼 눈앞에 뚝 떨어지곤 했다.

집에 오자마자 욕실로 직행하는 아들의 등은 탄탄하게 근육이 붙어 어느새 어린애 체격이 아니었다.

나는 마음 편히 쉴 수 없었던 주말을 그리워하는 걸까. 아니면 지금 이렇게 그저 멍하니 있는 나 자신을 용서하려는 걸까. 아무도 관심을 보이지 않는, 수증기처럼 사라져가는 의문.

소파에서 일어나 손을 깨끗이 씻고 만두피를 만들기 시작했다. 만두라면 백 개든 이백 개든 무심히 빚을 수 있었다. 딴생각을 하면서 빚어도 주름은 언제나 여섯 개. 손이 전부 기억하고 있었다. 아들은 대체 뭘 먹고 살고 있을까. 만두를 빚을 때도 있을까. 애인이나 친한 친구들에게 먹이기도 할까.

일요일 점심이었다. 볶음밥을 만드는데 가나에게서 전화가 왔다. 금요일에 대한 사죄인지 감사 인사인지를 얌전한 목소리로 얼른 하고 나서, 점심을 먹으러 가지 않겠느냐고 말했다.

"아버지? 주먹밥을 만들어놨으니까 괜찮아."

물론 이의는 없다. 볶음밥은 저녁에 데워서 먹으면 된다.

이노카시라 공원 안에 있는 작은 갈레트 집에서 만났다. 딱 하나 비어 있던 좁은 창가 자리에 나란히 앉았다. 공원에는 사람이 평소의 두 배, 세 배는 있어 활기가 넘쳤다.

가나의 아버지는 하루가 다르게 좋아진다고 했다. 적어도 술 후 섬망 상태에서는 벗어났다. 술 취한 가나를 집까지 데려다준 날, 나를 보고 도둑 취급을 했던 일은 기억에 없는 모양이다. 물론 그런 일은 잊어주는 편이 더 좋지만.

가나는 뭣보다도 표정이 돌아온 것을 기뻐했다. 다리 힘도 되찾아서 보행기 대신 보통 지팡이를 짚고 근처 편의점에 혼자 다녀올 때도 있다고 했다.

"보통 지팡이면 된다고 하시네. 보행기가 마음에 안 드는 거야. 남들 보기 창피하다고. 진짜 체면만 차린다니까. 기껏 돈 주고 샀는데."

보행기 없이도 잘 걸으셨잖아, 라는 말은 하지 않았다. 그보다 '체면만 차린다'라는 비난에 나도 포함되는 것 같아서 고개를 움츠렸다.

가나는 눈앞의 호박 수프에 손도 대지 않고 현재의 고민 이야기로 옮겨갔다. 출근하고 집에 없는 평일 낮에 아버지를 어떻게 하면 좋을까 하는 문제였다.

처음에는 데이케어 이용을 생각해서 아버지와 함께 견학 갔다. 그런데 집에 오자마자 "난 안 간다"라고만 하고, 그 뒤로는 가나가 아무리 설명해도 입을 다물고 아무 말도 하지 않는다고 했다.

"싫다는 사람을 억지로 끌고 갈 수도 없잖아."

실은 가나도 데이케어를 견학하고 이건 어려울지도 모르겠다고 아버지의 반응을 걱정했던 모양이다.

가나의 이야기를 듣다 보니 아버지의 기분을 알 수 있었다.

견학하러 갔을 때는 마침 간식을 먹기 전의 레크리에이션 시간이었다. 거대한 은색 나비넥타이를 매고 골판지로 만든 듯한 실크해트를 쓴 남자가 기타를 치며 옛날 가요곡을 노인들에게 가르치고 있었다. 노래와 노래 사이에 웃기기 위한 토크도 넣었다. 할머니들이 가끔씩 까르르 웃었다.

여자가 팔십 퍼센트, 남자가 이십 퍼센트. 치매가 진행돼서 휠체어에 앉은 노인도 있었다. 여자는 이곳에 있는 것을 그런대로 즐기는 듯 보였다. 남자는 하나같이 있을 자리를 못 찾은 것처럼 모호한 표정이었다. 이의를 제기하지도 않고 그저 잠자코 상황에 따르듯 그곳에 있었다.

"남자는 마음이 약해지면 한없이 약해지잖아? 공항 짐 찾는 곳에서 벨트 컨베이어에 실린 채 그냥 빙빙 돌아가고 있는 짐 같이 돼서 말이야."

하루 스케줄이 미리 정해져 있어서 시간이 되면 직원이 불러 모은다. 똑같은 시간에 식사를 하고 차례대로 목욕하고, 모든 일을 같은 시간에 일제히 한다. 직원은 어디까지나 상냥한 목소리로 알기 쉽게, 차근차근 설명하듯 말한다. 이건 완전히 유치원이라고 가나는 생각했다.

한정된 인원으로 꽤 많은 사람을 보살펴야 하는 것이다. 효율과 안전과 위생, 복잡해질 수 있는 인간관계…… 그런 것들을 해결하려면 뭐든 일괄적으로 처리하는 유치원 방식이 제일 간편할지도 모른다.

레크리에이션이 끝나고 간식 시간으로 넘어오자 무명 개그맨인 줄 알았던 남자가 실크해트와 나비넥타이를 벗더니 여기저기 돌아다니면서 차를 주고, 간식을 주고, 노인들에게 말을 걸어 이야기를 들어주었다. 직원인 것이다. 의상까지 직접 만들어서 어떻게든 분위기를 띄우려고 하는 직원을 훌륭하다, 당신은 잘못 없다, 라고 생각했다면서도 가나는 "아버지는 그 시설을 보고 자존심에 상처를 받은 것 같아"라고 말했다.

결국 가나는 아버지의 의향에 따라 데이케어를 단념했다.

가나와 점심만 먹고 헤어진 일요일 밤늦게, 자정이 지나 뜻밖의 소식이 날아들었다.

소노다 씨의 메일이었다. 여느 때처럼 줄을 바꾸지 않고 빽빽하게 쓰는 대신 적절한 위치에서 적절하게 줄을 바꿔서 썼다. 줄을 바꾸는 호흡에서 어딘지 모르게 예의를 차리는 느낌이 들어 조금 긴장하며 읽었다.

오카다 다다시 씨께

소노다입니다. 잘 지내시는지요. 후미도 잘 있나요.

한동안 샌타바버라를 떠나 있게 됐습니다.

오랜 지기가 빅서라는 도시에 사는데 얼마 동안 그곳에 놀러 가 있게 됐어요. 빅서는 샌타바버라에서 태평양 연안을 따라 북상한 곳이랍니다.

그래서 당분간 메일은 쉽니다.

그럼 안녕히.

소노다 메아리

가나 말에 따르면 빅서에는 두 정물화를 그린 화가가 살고 있었다.

'오랜 지기'는 화가가 아닐까.

그게 사실이라면 '그 집에 두고 온 그림을 그린 화가가 사는 빅서'라고 가르쳐줘도 될 법한데. 하지만 소노다 씨는 전에 내게 화가 니시야마 도루는 '자살했다'라고 설명했다. '오랜 지기'라는 글자를 물끄러미 쳐다보았다. 상대방과 깊은 관계임을 은연중에 암시하는 것처럼 보였다.

아마 틀림없을 것이다. 빅서에 사는 니시야마 도루를 만나러 가는 것이다. 찾아가는 걸까, 아니면 저쪽에서 부른 걸까.

어딘지 모르게 소노다 씨의 결심이 느껴지는 글투의 유래를 아는 것은 **이 집뿐**일지도 모른다. 과거에 이 집은 소노다 씨와 니시야마 도루를 말없이 지켜보지 않았을까. 자살했다고까지 한 말이 뭔가의 반동이라면, 어지간히 격한 감정이 존재했다는 뜻이리라. 서로 강하게 이끌렸던 것이 돌아올 수 없는 방향으로 멀어졌을 때, 그건 죽은 것이나 다름없다.

아무런 맥락도 없이 머릿속에 미국 서부 연안의 태평양 위로 펼쳐진 밤하늘이 떠올랐다. 별이 반짝이는 어두운 밤하늘을 별똥별이 빛의 꼬리를 끌며 가로지른다. 별이 추락할 지점을 찾아가려 해도 아무도 도달하지 못할 것이다. 별똥별은 바다에 떨어지기 전에 다 타버렸을지도 모른다. 그곳에는 온갖 것을 집어 삼키는 깊은 바다의 물결이 있을 뿐이다.

소노다 씨의 메일을 계기로 나는 얼마 전부터 궁금했던 현관 위 공간의 수수께끼 풀이에 착수하기로 했다.

현관 위의 넓은 공간은 당초의 계획이 어떤 이유로 중단됐다고 생각할 수밖에 없는 모양새였다. 그냥 천장만 높다면 그렇게까지 의심하지 않았을 것이다. 문제는 또 하나, 그곳에 의미를 알 수 없는 '선반 방'이 있다는 사실이었다.

현관으로 들어와 왼편을 올려다보면 이층에 해당되는 높이에 한 평 반쯤 되는 평평한 부분이 있다. 그 평평한 부분에 발을 들여놓는 것은 불가능하다. 쓰지 못하는 평평한 공간이 한 평 반쯤 그저 있을 뿐인, 어디에도 입구가 없는 '선반 방'이다.

꼭 이 공간에 들어가야겠으면 계단으로 이층에 올라가 복도 동쪽 끝의 벽을 부수면 된다. 그러면 복도와 같은 높이로 현관을 내려다보는 한 평 반의 공간이 나타난다. 옛날이야기에서 원숭이와 게의 싸움에 가세한 맷돌이 원숭이 위로 떨어지기 위해 대기하기에 안성맞춤인 장소다.

가즈 씨에게 보여준 결과, 복도와 한 평 반의 공간 사이의 벽은 콘크리트가 아니라 회반죽이라는 사실을 알았다. 쉽게 부술 수 있다는 뜻이다. 아니, 그보다 이런 가능성은 없을까. 원래 복도는 한 평 반의 공간과 이어져 있었다. 나중에 와서 입구를 회반죽으로 막아 '들어가면 안 되는 방'으로 만들었다.

무슨 이유로 그런 번거로운 일을 했나. 소노다 씨에게 물으면 답을 알 수 있을 것이다. 하지만 직접 묻기는 꺼려졌다.

내 아이디어는 이랬다. 복도 벽을 부수고 한 평 반의 공간과 같은 면적을 현관 위로 확장해 세 평쯤 되는 방을 만든다. 그곳에 서고를 꾸며 작은 소파를 놓고 책을 읽는 공간으로 만들면 어떨까. 아니, 꼭 그러고 싶다.

그렇게 하면 무의미한 공간은 사라지고 현관의 천장 높이가 일반적인 높이로 바뀐다. 그러면 현관의 전반적인 모양새도 훨씬 안정감이 생길 것이다.

이곳은 기둥이 많으니 중량이 나가는 서고를 만들기에 적합하다. 다만 여기에 소파를 놓고 차분하게 책을 읽고 싶다면 단행본은 말고 문고본만 갖다 놓는 게 좋을 것 같다. 이중으로 꽂아

책등을 볼 수 없는 대량의 문고본을 벽에 꽉 차게 짜넣은 문고본 전용 서가에 주르르 꽂는다. 단행본 서고라면 책을 읽을 공간이 30센티미터 가까이 줄어 다소 비좁을 것이다. 가즈 씨는 그렇게 제안했다.

나는 수락하고 혹시 몰라 소노다 씨에게 계획의 개요를 설명하는 메일을 보냈다. 아니나 다를까 일주일이 지나도 답신이 없었다. 빅서에 있는 소노다 씨에게는 그보다 훨씬 중요한, 특별한 일상이 있는 게 틀림없다. 하계의 자질구레한 일 따위 티끌이나 다름없다.

원래 허가가 필요한 개축은 아니기 때문에, 답신을 기다리지 않고 공사를 시작하기로 했다. 소노다 씨에게서 두 번 다시 연락이 오지 않을 일은 없을 것이다. 얼마 지나서 답신이 올 때쯤이면 공사도 끝나서 벽 한 면 가득 문고본이 꽂힌 독서실이 완성돼 있을 것이다. 그러면 사진을 찍어 소노다 씨에게 보내자.

가나는 계속해서 아버지의 수발을 들고 있었다.

화요일과 목요일에는 도우미를 쓰기로 했다. 처음에 가나의 아버지는 낯모르는 타인이 집에 들어와서 청소하고 빨래하고 음식까지 하는 것에 거부감을 보였다. 그런데 실제로 도우미가 오기 시작하니 맥이 빠질 정도로 쉽사리 받아들인 모양이다.

“의외로 젊은 여자였거든. 화요일은 삼십대 중반, 목요일도 사십대 안팎. 게다가 진짜로 인상들이 좋은 거야. 친절하게 말을 붙이면서 보살펴주지, 일도 꼼꼼하지. 도우미가 안 오는 날이면 오늘은 안 오느냐고 불만스러운 표정이라니까. 하여간 어이가 없다고 할지, 솔직하다고 할지.”

방문 요양 서비스 책임자가 매일 어떻게 지냈는지 전화로 간결하게 알려준다. 어린애로 돌아간 듯한 부분도 있는 아버지가 너무나도 도우미가 마음에 든 것 같기에, 약간 걱정이 된 가나는 아무리 낮이라지만 단독주택 밀실에 단둘이 있어도 정말 괜찮은 걸까요, 하고 불안을 표시했다. 그러자 책임자는 “저희 도우미는 대다수가 학창시절에 운동부에 있었던 사람들이라서요. 화요일에 가는 야스다는 요트부, 목요일의 모리카와는 등산부였고 지금도 현역 클라이머죠. 만에 하나 아버님께서 어떻게 하시려고 해도 갓난아기 팔을 비트는 것보다도 훨씬 쉽게 제압할 수 있답니다”라며 경쾌하게 웃어넘겼다. 안심하는 동시에 부조리하게도 기분이 불쾌해진 가나는 그날 일찍 퇴근해서 아버지에게 손톱과 코털을 스스로 자르게 하고, 작은 가위로 귀털과 눈썹을 다듬어주었다. 그리고 저녁 먹은 설거지를 마친 다음 이번에는 아버지에게 팔씨름을 하자고 했다. 의아한 표정으로 마지못해 가나의 손을 잡은 아버지는 싱겁게 지고 말았다. 방문 요양 서비스 책임자의 말이 맞았다. 아버지는 이제 어린애만큼의 팔 힘도 없는 것이다.

일주일에 한 번 가나에게서 그런 이야기를 들으며 역 근처 음식점 카운터 자리에서 같이 식사를 했다. 가나에게 나와 먹는 저녁은 아버지를 보살피는 생활중의 짧은 휴식 시간인 듯했다. 내 쪽은 가나를 향해 급속도로 기울어가던 감정이 그녀 아버지의 등장으로 보류되어 공중에 뜬 것 같은 상태로 동결된 기분이었다. 그에 대해 나는 작지는 않은 불만을 느끼는 동시에 어딘지 모르게 마음이 놓이기도 했다.

## 10

오랜만에 아들에게서 메일이 왔다. 이번 메일은 전보 수준으로 짧은 평소와는 달리 긴 편지 정도의 분량이 있었다.

시내에서 이사를 했다고 쓰여 있었다. 셰어하우스 같은 형태로 단독주택에서 살게 됐다. 부담하는 집세는 이전과 거의 같고 정원에 커다란 느릅나무가 있어서 그 밑에서 식사를 하는 게 즐겁다. 동거인은 미술관 학예사인데 열 살 남짓 연상이고 전문은 17세기 네덜란드 회화인데, 당시 네덜란드 사람이 썼던 식기를 현지에 갈 때마다 수집해서 실제로 쓰고 있다. 17세기 바로크 기타를 갖고 있고 실제로 연주하기도 한다. 그렇게 아름다운 음악은 처음 듣는다.

아들이 쓴 것 같지 않게 정서적인 내용이었다. '그렇게 아름다운 음악'이라는 말에도 놀랐다. 뭐라고 답신을 보내야 할까 고민하다가 이렇게 썼다.

경영학만 공부하지 않고 그림이나 음악에 대해 알게 되는 것은 아주 좋은 일이다. 미국 자본가들이 미술관에 기여하는 정도는 일본과 비교도 되지 않는다. 미술 평론가 뺨치는 경영자가 미국에 적잖이 있으니까 지금부터 공부해도 좋겠다. 그런데 네덜란드는 역사적으로 다른 어느 나라보다도 빨리 세계로 진출했으며, 경제의 구조를 이론적으로가 아니라 실제적으로 발명하고 실천한 나라다. 다른 어느 나라보다도 빨리 종교 공동체에서 벗어나 세속화된 나라이기도 하다. 세계 최초로 현미경으로 정자를 관찰한 것은 네덜란드 사람이다. 철저한 개인주의를 전제로 연계 플레이에도 지혜를 쏟는다. 네덜란드 축구는 일본 사람이 도저히 따라할 수 없다. 마약과 안락사와 포르노그래피를 허용하는 그 나라의 특색도 근본은 같다. 어디까지고 자유롭기를 추구한 결과일 것이다. 그러니 흥미 본위로 접근하는 것은 매우 위험하다. 내 친구의 친구가 암스테르담에서 마약에 손을 댔다가 죽을 뻔했다. 죽음과 인접한 것만큼 쾌락에 가까운 게 없다. 경영학에서 배우는 리스크 관리를 일상적으로 확실하게 응용하면서 공부에 집중하며 살아라.

내가 봐도 지리멸렬하고 괴상야릇한 데다 다소 훈계조의 내용이다 싶었지만, 아버지로서 하고 싶은 말은 했다. 뭘 받아들일지는 아들 자유다. 문제없다. 두 번 세 번 읽어 납득하고 메일을 보냈다.

평소답지 않게 그 뒤로 사나흘 답신이 없었다.

약간 걱정이 들기 시작한 토요일 아침, 마침내 메일이 왔다.

스카이프로 통화하고 싶다고 했다. 스카이프를 설정하는 순서가 이미지를 첨부한 차트로 설명되어 있었다. 세상 모든 취급 설명서는 우리 아들에게 맡기라고 해라. 알기 쉽고 틀리려야 틀릴 수 없는 완벽한 설명이었다.

단시간에 설정을 마치고 아들에게 메일로 알리자마자 컴퓨터에서 뚜르르르 소리가 났다. 접속하니 모니터 화면에 아들이 나타났다.

"안녕하세요, 아버지. 거긴 아침 10시 넘었죠?"

"응, 그래."

"여긴 오후 5시 지났어요. 좀 있으면 저녁 준비할 때려나요."

아들은 웃고 있었지만 조금 긴장한 것처럼 보였다.

"며칠 전에 메일 보냈는데……."

"아, 네, 봤어요. 아버지가 네덜란드에 관심 있는 줄 몰랐는데요. 감사드려요."

아들에게서 '감사드려요'라는 말을 들은 것은 그때가 처음이었다.

"있죠, 아버지. 지금 같이 살고 있는 필립을 소개하고 싶은데 괜찮으세요?"

스카이프가 연결된 상태에서 괜찮고 말고 할 것도 없지만, 그나저나 '필립'이라고? 아들은 오른쪽을 보며 뭐라 말하더니 컴퓨터 방향을 틀었다. 그러자 곧 화면 오른쪽 끝에서 한 남자가 어색하게 머리를 숙이듯 하며 나타났다. 샴브레이 버튼다운 셔츠. 짧은 금발. 검은 테 안경. 수줍게 웃는 얼굴. 눈매가 다정해 보였다.

"안녕하세요. 필립 윌슨, 입니다."

일본어를 할 줄 아나. 원래도 할 수 있었나? 아들에게 배웠나? 거기서부터는 느린 영어로 이야기를 나누었다.

만나 뵙게 돼서 영광입니다. 히사히코와 제가 이렇게 만난 것도 미국에서 경영학을 공부하도록 밀어주신 아버님 덕분입니다. 가급적 빠른 시일 내로 기회를 마련해서 일본으로 찾아뵙고 싶습니다. 품위 있고 조용한 말투였다.

그때 이미 아아, 그런 의미인가 하고 깨달은 나 자신을 의식했다. 순간 공기가 희박해진 것 같았다. 아들이 화면으로 돌아왔다. 일본에 있을 때보다도 더 어른스러운 얼굴이었다.

"놀라게 해드려서 죄송해요. 저하고 필립은 앞으로 함께 살아갈 생각이에요. MBA를 따고 나면 미국에서 직장을 찾을 생각인데, 필의 직업은 정말 훌륭하니까 가능하면 저도 미술과 관련 있는 일을 하고 싶어요."

필.

"긍지를 가질 수 있는 일을 한다는 건…… 정말 운이 좋은 거라고 생각한다. 그렇지만 직업이 뭐가 됐든 일단은 일을 한다는 게 중요해."

아들이 모호한 웃음을 지으며 고개를 끄덕였다. 필이 다시 화면에 나타나 내 아들 히사히코의 어깨에 가볍게 손을 얹었다. 어렴풋이 현기증이 났다. 머릿속에서 갑자기 작은 새가 날개를 파닥였다. 그래, 그 그림 이야기를 해보자. 나는 일본어로 히사히코에게 말했다.

"……핀치를 그린 네덜란드 그림이 있지?"

히사히코가 능숙한 영어로 뭐라 말하자, 필이 골드핀치? 라고 중얼거리고는 아아, 응, 하듯이 고개를 끄덕였다.

"카럴 파브리티우스?"

맞다. 이름을 늘 잊어버린다. 파브리티우스. 렘브란트의 제자. 폭발 사고로 목숨을 잃은 17세기 네덜란드 화가다. 16세기 화가가 보면 어떻게 이렇게 의미 없는 그림을 그릴 수 있느냐고 이상하게 여겼을 것 같은 그림. 방울새 비슷한 새가 벽에 붙은 근사한 홰에 묶여 이쪽을 보는 그림이다. 17세기 네덜란드 회화에 결정적인 영향을 미쳤고 저에게도 특별한 그림입니다. 필이 겸손한 투로 말했다.

"예스예스. 아이 러브…… 히즈 페인팅스 투."

예스를 두 번이나 반복하고 서툰 발음으로 '러브' 같은 말을 한 게 창피했다. 하지만 후회해봤자 이미 늦었다.

히사히코는 지금까지 본 적이 없을 만큼 환히 웃으며 "그럼 아버지, 또 연락할게요. 고맙습니다"라며 손을 흔들었다. 필도 따라했다. 나도 어색하게 살짝 손을 흔들었다.

스카이프 연결이 끊어진 뒤 나는 소파에 쓰러져 한동안 천장을 올려다보았다. 그래, 그랬구나. 까맣게 몰랐다.

머릿속으로 '그랬나' 하는 말을 빙글빙글, 빙글빙글, 마니차처럼 계속해서 돌렸다.

예상도 못 했던 아들의 연락으로 예상도 못 했던 사태에 직면

했다.

어딘가 정적에 잠긴 머릿속에서 괜찮아, 문제될 건 전혀 없어, 괜찮아…… 하고 되풀이하는 나 자신을 또 하나의 내가 천장에서 내려다보는 기분이었다.

내내 히사히코를 모르고 살았다. 중학생이 됐을 때부터 내내. 고등학교를 졸업하고 미국으로 유학을 가면서 더 멀어졌다. 하지만 오늘 처음으로 히사히코가 진짜 모습을 보여준 것처럼 느껴졌다. 아들의 진짜 모습을 봐서 다행이라고 생각했다. 전처가 이 일을 알면 어떻게 생각할지는 알 수 없다. 히사히코가 이미 연락했는지 아닌지조차 관심 없었다.

제법 괜찮은 남자인데. 아들을 가진 사람으로서 이 말을 하게 될 줄은 상상도 하지 못했거니와 지금 여기에는 그런 말을 할 상대방도 없었지만, 필립을 보고 할 수 있는 말은 현재 그것뿐이었다.

종이 공 야구를 하는 아들이 떠올랐다. 겨드랑이에 팔을 딱 붙이고 종이 공을 잘 보다가 적절한 타이밍에 방망이를 휘두른다. 종이 공은 내 머리 위를 지나 뒤쪽의 하얀 벽에 부딪쳤다.

가나에게 히사히코 이야기를 하지 않은 채 며칠이 지났다.

감출 생각은 없었다. 하지만 어떻게 말하면 좋을지, 내 안에 적정한 말과 적정한 태도가 준비되지 않았다는 생각이 들었다.

하지만 한 가지 확실한 게 있었다.

히사히코는 행복해 보였다.

아무리 부모 자식 사이라도 각기 전혀 다른 인생을 살면서 서로에게 응어리 없이 만족하는 얼굴을 보여줄 수 있는 시간이 얼마나 될까.

나와 가나 사이에도 서로가 서로에게 무방비하게 있을 수 있는 시간이 찾아올까.

아무런 예고도 없이, 징조도 없이, 소노다 씨에게서 메일이 왔다.

오카다 다다시 씨께

잘 지내시는지요. 후미도 잘 있나요. 히간춘분 혹은 추분 전후 각 사흘간을 합한 일주일이 지났으니 도쿄도 완연한 가을이겠죠.

빅서에서 샌타바버라로 돌아왔습니다.

빅서는 하코네를 야만스럽고 비좁게 해서 바닷가 절벽 위에 달랑 올려놓은 것 같은 곳이었어요. 평평한 곳이 거의 없더군요. 배멀미를 한 채 나이를 먹은 것 같은 사람도 있었는데, 플라워 칠드런도 비트족도 늙으면 초라하고 보기 흉할 뿐이네요. 내게는 별로 맞지 않았어요.
사랑하는 샌타바버라로 돌아와서 한숨 돌릴 겨를도 없이 새 사건이 벌어지는 바람에 이렇게 메일을 드리게 됐습니다.
놀라시면 안 돼요.
정말로 우연인데, 우리 아들이 핀란드 회사로 옮기게 됐어요. IT 분야의 라이벌 기업에서 헤드헌팅(머리 사냥? 흉흉한 말이네요) 됐다나요. 4월부터 헬싱키에서 근무하게 됐습니다.
내년 3월 말에 샌타바버라를 떠납니다. 나도 아직 놀라는 중이에요.
아들은 샌타바버라를 아주 좋아해서 무덤을 어떻게 쓸까 하는 생각까지 하고 있었고(내 무덤도요), 뭣보다 내가 일본에서 온 지 얼마 안 됐다고 처음에는 거절하려고 했나 봐요. 하지만 연구소 소장으로 와달라는 제안인 데다 알바르 알토라는 유명한 건축가가 설계한 집을 사택으로 제공하겠다는, 도저히 거절할 수 없는 고마운 조건이라, 고민에 고민을 거듭한 끝에 받아들이기로 한 거랍니다.
아들은 물론 나도 같이 데리고 갈 생각이었지만, 나는 일 년 사계절 살기 편한 샌타바버라라서 온 거거든요. 국토의 삼분의 일이

북극권이라는 핀란드는 일 년 중 삼분의 일은 최저 기온이 영하로 떨어진다는데, 추위를 많이 타는 내가 그런 곳에서 사는 건 무리예요. 무민도 마리메코도 시벨리우스도 아주 좋아하지만요.

이 년 집세를 선불로 받은 데다 모처럼 집을 예쁘게 고쳐주시는 중인데 정말 곤란하게 됐어요. 보내주신 새 독서실 사진, 잘 받았습니다. 어쩌면 방이 그렇게 아름답고 멋진지요. 문고본 전용 서가라니 귀엽고요. 이렇게 보기 좋게 고쳐주셨는데 이런 소식을 드리게 돼서 정말 죄송하고 저도 안타깝지만, 샌타바버라를 떠나면 내가 갈 곳은 원래 살던 내 집밖에 없다는 사실을 있는 그대로 전해드릴 수밖에 없습니다.

정말 미안해요.

일단은 갑자기 일본에 돌아가게 됐다는 소식과 사과 말씀을 드리겠습니다.

소노다 메아리

한 줄 띄고 '추신'이 있었다. 앞으로에 대한 구체적인 제안이 적혀 있었다. 공사 비용은 약속한 반액이 아니라 전액을 소노다 씨가 부담하겠다는 것. 만약 내년 3월까지 새로 이사할 곳을 찾지 못할 경우 10월까지 있어도 된다는 것. 이사 비용도 물론 전

액 부담하겠다고 쓰여 있었다. 그리고 마지막으로 이런 말이 있었다.

'집에 두고 온 그림 두 점을 오카다 씨께 드리려고 합니다. 억지로 떠넘기는 것 같아서 미안하지만 나중에 팔든 뭘 하든 상관없어요. 팔면 그런대로 값을 쳐서 받을 수 있을 테니까 사과의 뜻으로 생각해주세요.'

온몸에서 힘이 쭉 빠지는 것 같았다.

빅서에 사는 화가와의 재회가 어떤 것이었는지 상상도 되지 않았다. 최종적으로는 좋지 않게 끝났을 것이다. 하지만 '슬픔의 왕국의 여왕 폐하'는 건재했다. 고개를 떨구는 대신 앞을 똑바로 보며 의연하게 가슴을 펴고 있다.

아직 수행중인 신하는 어떻게 해야 하나.

마침 다음 주말부터 창틀 공사를 시작할 예정이었다. 오래된 집의 정취를 망치지 않는 나무 창틀, 그것도 이중창이라는 조건에 부합되는 반주문 제작 기성품을 가즈 씨가 찾아내서 샘플을 보여주러 왔다. 나도 한눈에 그게 마음에 들어 결정했다. 이미 오래전에 주문했을 터였다.

그리고 지난주 토요일 저녁, 나는 낡은 창유리를 깨끗이 닦은 다음 마침 딱 적당한 주황색 빛 속에서 비록 유리가 뒤틀리기는 했어도 아름답게 광택이 흐르는 오래된 유리창을 디지털카메라로 찍었다. 물론 내 기억을 위해서이기도 했지만, 공사를 한 뒤 창문의 비포애프터를 소노다 씨에게 메일로 보여줄 생각이었다. 사진이 꽤 잘 찍혔기에 아들에게도 보내주었다. 바로 온 답신에는 '회화의 좋고 나쁨을 결정하는 가장 중요한 요소는 빛인데, 너희 아버지는 그 점을 아주 잘 아신다'고 필이 칭찬했어요, 라고 쓰여 있었다.

가즈 씨와는 창틀 교체가 끝나면 다음은 벽난로 굴뚝과 난로 안의 상태를 꼼꼼히 살펴본 뒤 개수 공사를 시작하자고 의논했다. 장작을 저렴하게 구할 수 있는 니혼바시 외곽의 연료 상점까지 가르쳐줘서 찾아가본 참이었다. 다정한 농촌 아주머니 같은 부인(니혼바시에서 나고 자랐다 했다)에게 장작 배송을 부탁했다. 화덕 피자 가게와 이탈리아 음식점이 요새 급증해서 도내 곳곳에서 주문이 들어온다, 그때 같이 배달해드리겠다, 라고 웃으며 말했다.

겨울이 오기를 고대하고 있었다.

도내 집에서 난로에 장작을 때다니 꿈만 같다. 고급 저택이면 또 몰라도 이런 오래된 집에서, 그것도 거의 새것이나 다름없는 벽난로에 다시 생명을 불어넣는다는 것에 대해 기쁨과 흥분을 느끼고 있었다. 장작이 타는 모습을 가나에게도 보여줄 수 있을지 모른다고 내심 기대하고 있었다.

그러나 집주인이, 소노다 씨가 귀국하게 됐다. 애초에 가능성은 제로가 아니었고, 그렇기에 공사비의 절반을 부담한다는 조건이 계약서에 들어갔다. 그래도 이렇게 빨리 귀국할 줄이야.

공사를 중단해야 할까.

창문 개수도, 벽난로 개수도 중지하기는 너무나도 아쉬웠다. 내년 3월 귀국이니 적어도 이번 겨울만은 장작을 땐 벽난로를 즐길 수 있다.

하지만 겨울이 가고 봄이 오면 이제 이 집에 있을 수 없다.

나는 메일을 종료하고 컴퓨터를 껐다. 얼마 동안 눈을 감고 있었다.

내년 이후의 내 생활이 전혀 보이지 않았다. 이 집에서 나간다면 가나의 집에서도 멀어진다는 뜻이다. 비슷한 집이 근처에 없으리라는 보장은 없지만, 그렇게 딱 좋게 찾아낼 수 있을 것 같지 않았다.

발치에 어느새 소리도 없이 후미가 나타나 내 정강이와 장딴지에 몸을 비볐다. 나는 손을 뻗어 후미의 꼬리를 쓰다듬었다. 꼬리가 용수철처럼 튀었다. 후미는 목을 골골거리고 있었다.

"소노다 씨가 돌아온다는데."

후미는 "그래?"라고 묻는 듯한 타이밍으로 나를 물끄러미 보았다.

"그럼 너하고도 헤어지는 거야."

후미는 내 발치의 카펫을 발로 주무르듯 밀기 시작했다. 발톱이 올에 걸리는지 뚝뚝 소리가 났다. 이 '메이크 브레드'도 소노다 씨가 가르쳐준 것이다.

눈물 난다. 물론 정말 나지는 않는다.

이 집이 내 눈앞에 나타난 것은 기적이었다. 가나가 근처에 살았다는 사실도 포함해서.

그러나 겨우 일 년 만에 그 기적이 끝난다.

나는 평소보다 오래 욕조에 몸을 담갔다. 재가열 기능이 충실하게 작동하는 소리를 들으면서. 잠옷을 입고 머리를 말린 다음 소노다 씨에게 짤막한 답신을 보냈다.

소노다 메아리 씨께

메일 잘 받았습니다.

귀국하신다는 말씀 잘 알았습니다.

솔직한 심정을 말씀드리면 이 집을 떠나려니 무척 아쉽습니다.

이제 곧 나무 창틀 이중창으로 교체하는 공사가 시작되고, 그게 끝나면 벽난로를 개수할 예정이었는데요.
이번 겨울에 벽난로를 쓰고 싶은데, 혹시 허락해주신다면 공사를 이대로 진행해도 될지요?
다른 공사비는 후의를 감사히 받아들이고 난로에 관해서는 계약대로 반액을 부담하시는 조건으로 충분하니 부디 검토 부탁드립니다.
오늘 밤 도쿄는 꽤 춥습니다.

오카다 다다시

# 11

소노다 씨가 돌아온다.

이렇게 되리라는 예감이 어딘가에 있었던 것 같다. 그 때문인지 아닌지는 알 수 없지만 일주일도 못 돼서 **거의** 마음이 안정을 되찾았다(물론 전면적으로는 아니다). 질질 끌며 고민해봤자 소용없다. 구체적인 사안을 구체적으로 생각해서 하나씩 행동에 옮기자.

3월 말에 이 집에서 나가야 한다. 그러니 겨울 동안 서둘러 새 집을 찾는 한편, 이 집에서 보내는 일상의 리듬에 천천히 브레이크를 걸면서 정리하는 쪽으로 기어를 넣는 것. 지금 내가 할 수 있는 일이라곤 그 정도다. 시간은 그리 많이 남지 않았다.

그렇지만 새로 고친 부엌(티크 통원목을 쓴 카운터!), 욕실(편백나무 벽에 바닥 난방이 되는 타일), 화장실과 세면실(여기도 티크 카운터)을 쓰다가 어차피 누구 보는 사람도 없다고 낙담에 신음한 게 한두 번이 아니었다. 그런 때는 귀국한 여왕 폐하가 기뻐하며 써주시는 모습이며 표정을 상상했다. 그러면 미련이 약간이나마 자랑스러운 기분으로 바뀌었다.

가장 아쉬운 게 붙박이 서가였다. 뗄 수는 있지만, 각 방의 벽 크기에 딱 맞춰 제작했기 때문에 새 집(찾는 것은 헌 집이었지만)에 설치할 수 있을지 알 수 없었다.

난로 청소와 점검을 위해 가즈 씨가 왔을 때 책꽂이에 관해 묻자 위로하는 듯한 웃음을 지으며 대답했다.

"쇼와 30년대 초반 전에 지은 일본가옥은 그리드가 일정하고, 특히 다다미방은 다다미랑 연동하니까 들어맞을 가능성이 크군요. 그렇지만 오십 년도 더 된 집을 도내에서 찾기는 쉽지 않을 걸요."

가즈 씨는 경솔하게 낙관적인 발언을 하지 않는다. 그래, 역시 집 찾기가 포인트인가. 평소에는 과묵한 가즈 씨가 오늘은 묘하게 말수가 많았다.

"그러니까 말이죠, 한 1960년 전까지는 도편수가 시공주의

주문을 듣고 곱자와 경험과 감으로 집을 지었거든요. 공동주택 사이즈의 다다미도 아직 등장하기 전이죠. 오동나무 장롱, 삼면 거울, 서안 같은 상투적인 가구가 아무 말 안 해도 다다미방에 균형 있게 자리했습니다. 집이 확 바뀐 건 도쿄 올림픽 전후예요."

가즈 씨의 이야기는 아직 끝이 아니었다. 서양식 방을 도입한 문화주택이 일반화되고 텔레비전이 들어왔다는 것. 텔레비전이 거실의 왕으로 군림하게 되자 실내의 비율이 순식간에 바뀌었다는 것. 왕이 나타난 탓에 되레 통제를 잃은 가구가 양식과 일본식이 뒤섞여 다양화됐고 디자인과 사이즈가 다 달라졌다는 것. 그러면서 특히 다다미방에 가구를 배치하기가 어려워졌다는 것. 그게 방 및 가구 배치와 관련해서 고도 경제 성장과 더불어 등장했고 아직도 해결되지 않은 문제라는 것.

"아무리 방 배치를 치밀하게 해도 텔레비전이 그걸 망가뜨린단 말이죠. 벽걸이식이 나온 건 혁명적이었지만, 그걸 전제로 설계를 의뢰하는 고객은 잘 없거든요. 텔레비전을 벽에 설치할 수 있는 집은 사실 그렇게 많지 않습니다."

가즈 씨가 그런 지론을 소중하게 보듬고 있었다는 게 뜻밖은 아니었다. 책꽂이의 운명과 장래를 생각하는 사이에 수로가 수

원지로 이어져 괴어 있던 물이 밖으로 흘러나왔을 것이다. 과묵한 사람도 가끔은 이럴 때가 있다.

그게 아니라 책꽂이 이야기였다.

책꽂이를 이대로 두고 간다 해도 소노다 씨는 이렇게 많이 들어가는 책꽂이가 필요 없을 것이다. 책을 좋아할 것 같은 사람인데도 소노다 씨와 책 이야기는 한 번도 한 적이 없었다. 책꽂이 사진을 메일로 보냈지만 아직 책을 꽂지 않은 텅 빈 책꽂이였으니 소노다 씨는 내가 어떤 책을 읽는지 모른다.

지론을 한바탕 펴고 나자 가즈 씨는 갑자기 정신이 든 것처럼 벽난로 바닥의 안길이와 댐퍼의 위치 및 동작 상태를 확인하고는 수첩에 숫자를 적기 시작했다.

이 집에 텔레비전은 없다. 거실 벽 구석에 단자가 남아 있었으니 소노다 씨는 이곳에서 텔레비전을 봤을지도 모른다. 다만 처음에 방으로 안내해주었을 때 그 주변에서 텔레비전을 본 기억은 없었다.

이곳으로 이사 올 때 텔레비전은 헤어진 아내의 아파트에 두고 왔다. 내 카드로 샀지만 콘센트를 빼서 내오는 것은 아무리 그래도 치사한 것 같았다.

텔레비전 보기를 그만두자 그렇게 장시간 텔레비전을 켜놓고 지냈다는 게 이제는 이상하게 느껴졌다. 텔레비전이 없는 생활에도 익숙해졌다. 최신 뉴스와 일기예보도 라디오와 인터넷이 있으면 충분하다. 라디오는 가령 스튜디오 생방송에서 진행자나 초대 손님이 아무리 시끄럽게 떠들어도 어딘지 모르게 조용하고 쓸쓸한 느낌이 든다. 텔레비전 버라이어티 프로그램의, 머리의 나사가 풀린 듯한 원색 세트를 필이 보면 뭐라고 할까.

이 집에 군림하는 왕은 텔레비전이 아니라, 하물며 라디오도 아니고, 벽난로일 터였다. 불을 피우면 저절로 시선이 모이는 위치에 무게 있게 자리하고 있다. 오랜 세월 불을 잊은 벽난로는 지금은 차갑게 식어 커다란 입을 벌린 채 죽은 것 같은 상태다. 그래도 불이 빨갛게 타오르면 되살아날 것이다. 그럴 터……였다.

이사가 정해진 뒤, 소노다 씨는 내 요청을 받아들여 벽난로 개수를 허가해주었다. 게다가 비용도 소노다 씨가 전부 부담하겠다는 고마운 제안까지 곁들였다. 벽난로에 손을 못 대고 끝내는 게 무척 아쉬웠던 듯한 가즈 씨는, 소노다 씨에게 허가를 받았다고 알리자 바로 달려왔다. 그리고 굴뚝 청소와 연소 실험을 마치면 되도록 빨리 개수 작업에 착수하겠다고 선언했다.

이 집의 개수를 맡아준 시공업체의 젊은 직원이 당장 지붕 위로 올라가서 굴뚝 청소를 시작했다. 검고 긴 브러시 모양의 물건을 오랜 세월 사용되지 않은 굴뚝 깊숙이 넣어 쌓여 있던 검댕을 떨어냈다. 오래된 거미줄, 대량의 먼지, 어디로 들어갔는지 바싹 마른 낙엽의 밀푀유 같은 덩어리, 미라가 된 참새 한 마리. 굴뚝 어디에 걸려 있었나 보다. 난로 바닥에도 검댕 같은 게 우수수 떨어졌다. 이 해묵은 검댕은 대체 언제 것일까.

연소 실험 결과 연기를 잘 빨아들이지 못한다는 것을 알았다. 변덕을 부리듯 가끔씩 연기를 실내에 뿜어냈다. 어느새 거실 천장 언저리가 부옇게 돼 있었다. 장작 위치를 바꿔봐도, 댐퍼를 줄였다가 최대한으로 키웠다가 해도 사태는 달라지지 않았다. 점점 말수가 줄어든 가즈 씨는 언짢은 기색이 역력했다.

굴뚝도 댐퍼도 이상은 없을 터였다. 가즈 씨는 벽난로와 굴뚝이 따뜻해지면 연기를 잘 빨아들일지도 모른다고 말했지만, 장작이 꽤 오랜 시간 타도록 연기의 역류는 개선되지 않았다. 우리는 단념하고 장작을 흩어 그 이상 타지 않게 한 다음 정원 쪽 창문을 활짝 열었다. 굴뚝이 받아주지 않은 연기는 미안해하듯 길게 드리워져 공원 쪽으로 천천히 흘러갔다.

가즈 씨는 전문 업자를 데리고 다시 오겠다는 말을 남기고 어두운 얼굴로 돌아갔다. 어정쩡하게 타다 만 장작에서 가늘게 피어오르는 연기가 쓸쓸해 보였다.

불을 다루는 것은 쉽지 않다. 실내에서 불을 피워 연기가 실내로 새지 않게 굴뚝을 통해 밖으로 빼내는 방식은 기원을 따지자면 움집으로까지 거슬러 올라가겠지만, 처음에는 다들 검댕이 묻은 얼굴로 살았을 게 틀림없다. 환풍기 같은 강제 배기 장치를 쓰지 않고 연기가 자연히 밖으로 빠져나가는 구조를 그렇게 쉽게 만들 수 있을 리 없다.

난로나 굴뚝 어딘가를 손보면 정말 사용할 수 있게 될까. 벽난로 옆에 깔끔하게 쌓아놓은 졸참나무 장작이 볕을 못 보고 끝날 것 같다. 벽난로가 어떤 느낌인지에 대해 소노다 씨가 아무 말도 하지 않은 것은 잘 타지 않는다는 것을 알아서였을까. 벽난로 자체가 거의 새것이나 다름없는 상태였던 것도 배연 문제가 있었기 때문일까.

가나에게서 벽난로를 보고 싶다는 메일이 왔다. 가나와는 친한 친구처럼 편안하게, 빈번히 메일을 주고받고 있었다.

나날이 회복된 가나의 아버지는 신문도 읽고 지팡이를 짚고 산책도 나가게 됐다. 식욕도 많이 되찾았다. 다만 최근 기억은 여전히 흐릿해서 가끔 마쓰모토 시절의 기억이 이상한 순간에 끼어들곤 했다. 가나가 설명해도 "이상하군"이라며 바로 납득하지 않았다. 자신의 기억에 혼란이 있다는 것을 어느 정도 알고 있을까.

우연한 기회에 벽난로에서 연기가 역류한다는 이야기를 메일에 썼더니, 나 불 꽤 잘 피우는데 해봐도 돼? 하고 답신이 왔다. 마쓰모토에서 살던 집에 예전에 벽난로가 있었다고 한다. 가나가 대학에 입학하며 도쿄로 올라온 것과 전후해서 바닥 난방으로 바꿔 벽난로는 점차 쓰이지 않게 됐다. 이윽고 그 자리에 딱 들어맞는 석유 팬히터가 설치됐다.

일요일 오후 늦게 가나가 찾아왔다.

단풍잎처럼 선명한 붉은색 스웨터에 청바지. 밤색 털실 모자를 벗자 아주 짧은 쇼트커트 머리가 드러났다. 숨이 멎을 뻔했다. 가나는 이 머리 모양이 제일 잘 어울린다. 이 머리 모양을 한 가나가 제일 좋다. 이제는 대놓고 그런 말을 할 수 없지만.

가나는 두 손에 무거워 보이는 쇼핑백을 들고 있었다. 나는 허겁지겁 빼앗듯이 받아들었다.

"습기 찬 장작을 땐 거 아니지?"

가나는 테니스화를 벗고 서슴없이 방으로 들어왔다. 내 동요는 아랑곳하지도 않는다.

"믿을 만한 곳에서 산 장작인데."

니혼바시 외곽에 있는 장작 가게의 아주머니가 "바짝 말랐으니까 잘 탈 거예요"라고 웃으며 말했다고 설명했다.

벽난로 옆 땔감에 손을 뻗은 가나는 한 손에 한 묶음을 들고 무게를 가늠하는 듯한 표정을 지었다. 코를 대고 냄새도 맡았다. 조그만 커브를 그리는 귀.

"응, 괜찮아. 잘 말랐네."

쭈그리고 앉아 장작을 제자리에 돌려놓은 가나는 여느 때처럼 나를 올려다보듯 했다. 쭈그리고 앉았으니 물리적으로 그렇게 되는 것뿐인데, 꺼져 있었을 내 안의 스위치가 달칵 켜지는 게 느껴졌다. 이렇게 단둘이 여기에 있다는 게 기쁘기도 하고 괴롭기도 했다. 굳이 따지자면 괴로움 쪽이 이미 웃돌았다.

"그래? 그럼…… 장작 문제가 아니군."

그런 말을 하는 게 고작이었다.

"있지, 이 난로, 이 상태로는 안 돼. 어떤 식으로 불을 피워도 연기가 역류할 거야. 잠깐 뭐 좀 해봐도 될까."

뭘 하려는 건지 알 수 없으니 나는 "물론"이라고만 하고 고개를 끄덕였다.

가나는 두 개의 쇼핑백에서 벽돌 같은 것을 꺼냈다. "내화벽돌이야." 가나의 작고 가녀린 손이 벽돌을 잡은 모습이 어딘지 모르게 측은해 보였지만, 가나는 디자인 일을 할 때도 무거운 자료가 든 봉투를 아무렇지도 않게 들고 다녔다. 나는 가나가 보기보다 팔 힘이 있다는 것을 안다.

"난 이 난로, 처음 봤을 때부터 이거 잘 타려나 했거든."

"왜?"

"너무 크단 말이야. 폭도 길이도 높이도. 첫눈에 그렇게 생각했어. 특히 높이가 말이지, 너무 높아."

가나는 허연 내화벽돌을 난로 바닥에 늘어놓기 시작했다. 가로로 넷, 세로로 둘, 5밀리미터쯤 간격을 두고 길이로 놓았다. 디자이너답게 꼼꼼하고 깔끔한 솜씨였다. 그렇게 두 단을 쌓자 휑한 콘크리트 난로 중앙에 내화벽돌 받침대 같은 게 생겼다.

가나는 신문지 한 장을 뭉친 것을 네 개 만들어 벽돌 받침대 한가운데에 얹었다. 그리고 신문 공을 에워싸듯 장작을 우물 정 자 모양으로 쌓았다. 장작 두 개씩 엇갈려서 세 단을 만들었다.

"성냥 있어?"

장작 뒤에 놓아두었던 성냥을 가나에게 주었다. 가나는 또 신문을 찢더니 이번에는 횃불처럼 말아 성냥불을 갖다댔다. 불이 확 붙자 난로 속에 들이밀었다.

"처음에 이렇게 하면 연기를 잘 빨아들이거든. 아마 공기의 흐름이 생기는 걸 텐데, 난로의 신께 바치는 불이라고 들은 적이 있어."

불길이 난로 내벽을 핥듯이 타올랐다. 어두운 난로가 환해졌다. 얼마 동안 망설이듯 떠다니던 연기가 문득 뭔가가 끌어당긴 것처럼 난로 속 천장으로 빨려들었다.

신문지 횃불이 다 타기 전에 그 불을 우물 정자 밑에 있는 신문지 공에 갖다댔다. 바로 불이 붙어 불길이 한층 활활 타올랐다. 다른 신문지 공에도 잇따라 불이 번져 장작에서 탁탁 소리가 났다. 깜짝 놀랄 만큼 가까이에서 얼굴에 열이 느껴졌다.

불이 장작 사이로 솟구치듯 소리를 내며 타올랐다. 가즈 씨가 불을 피워봤을 때보다 훨씬 크게 잘 탄다.

"연기 안 나지?"

불길을 반사해 발갛게 빛나는 듯한 가나의 미소 띤 얼굴이 그곳에 있었다. 내 눈을 빤히 보는 것은 감탄을 기대해서일까. 입에서 나오는 감상은 평범하기 그지없었다.

"정말인데."

물론 연기는 났지만 불길이 세고 연기가 빠른 속도로 빨려들기 때문인지 거의 보이지 않았다. 연기가 역류해서 실내에 흘러넘치지도 않았다. 탁한 실내 공기가 흡수돼서 되레 맑아지는 것 같기까지 했다. 충분히 마른 졸참나무 장작이 타는 향긋한 냄새만이 보이지는 않아도 방 안에 가득 차 있었다.

"바닥을 높이면 연기가 역류하지 않거든. 아까 그 상태에선 난로 바닥에서 굴뚝의 흡입구까지가 너무 높아서 잘 빨아들이지 못했을 거야."

가나는 약간 자랑스러워 보였다.

"국수를 먹을 때도 입을 크게 벌리면 잘 빨리지 않잖아. 후루룩 먹을 땐 입을 오므리지 않아? 난로도 마찬가지야. 이 난로는 벽난로를 잘 모르는 사람이 모양만 흉내 내서 만든 게 아닐까. 좌우지간 너무 커. 마쓰모토에 있던 난로는 크기가 이거의 십분의 칠 정도였어. 바닥은 이 정도 높이였고, 폭도 안길이도 이보다 좀 작아도 될 것 같아. 좌우 벽도 안쪽을 향해 점점 좁아지는 부채꼴로 만들면 연기를 더 잘 빨아들이지 않을까."

가나가 벽난로에 대해 이렇게 잘 알다니 뜻밖이었다. 마쓰모토에서 성장한 게 이런 경험과 지식으로 이어진다. 다른 사람은 내가 모르는 것을 많이 알고 있다. 가나가 모르는 것을 나는 얼마나 알고 있을까.

장작이 갑자기 탁 소리를 내며 튀었다. 반사적으로 보니 가나의 빨간 스웨터 왼팔에 검붉은 장작 파편이 앉아 있었다. 나는 황급히 손으로 털어냈다. 가나가 "아" 하고 소리쳤다. "아, 놀랐네." 모직이 타는 냄새가 살짝 났다. 가나의 가녀린 팔의 감촉이 내 손바닥에 남았다.

"고마워. 모직이니까 괜찮아. 좀 탄 정도론 금세 가려져서 눈에 안 띌 거야."

가나는 그렇게 말하며 깨알만 한 크기의 탄 흔적을 손가락으로 슬슬 긁어내듯 했다. 검은 자국이 사라졌다.

우리는 그대로 말없이 불을 바라보았다.

불의 형태는 아무리 봐도 질리지 않는다. 벽난로 앞에서라면 침묵도 숨막히게 느껴지지 않는다.

"배고프네."

멍하니 불길을 보던 가나가 중얼거리듯 말했다.

"먹고 갈래?"

나는 물었다.

"아버지 식사 준비를 안 해서. 집에 가서 식사 드리고 다시 올게. 요새 계속 아버지랑 둘이 먹었으니까 기쁜걸……."

가나는 금방 올게, 라며 일단 집으로 갔다. 바깥은 이미 어두웠다. 꽤 추워졌다.

나는 부엌으로 들어가 냉장고를 점검했다. 오늘처럼 흐리고 선득한 밤에는 전골만 한 게 없다. 만두도 넣자. 만두를 잔뜩 빚어 냉동해놓으면 이런 때 쓸모가 있다. 보이스카우트는 아니지만 '준비'는 중요하다.

쾌속 모드로 밥을 짓고 파와 두부, 배추를 썰었다. 그러고 보니 올해 처음 먹는 전골이다.

"다녀왔습니다." 가나가 현관문을 열고 들어왔다. 거침없는 발걸음과 생기 어린 목소리에 가슴이 철렁했다. "바깥 엄청 추워. 아아, 난로 따뜻하다." 가나는 명백히 들떠 있었다. "복사열? 원적외선? 고타쓰 속에 들어간 것 같아."

활활 타오르던 불길이 잦아들어 약하게 타고 있었다. 한 시간 지났을 뿐인데 장작이 벌써 한 묶음 탔다.

가나가 보는 앞에서 냄비 뚜껑을 열었다. 김이 확 솟았다. 짙은 갈색 오지냄비에 쭈글쭈글해진 만두가 떠 있다. 파와 두부, 배추, 당면도. 색은 수수한데 윤기가 자르르하게 흘렀다. 냄비 바닥의 어둠이 어쩐지 광대한 우주처럼 보였다. 장작 타는 소리가 났다.

나와 가나는 작은 병맥주를 따서 건배했다. 맥주는 한 잔만. 그다음부터는 사오싱주다.

"고생 많았어."

"매일 정말 고생 많아."

사오싱주를 마시고 생각났는지 가나는 회사를 그만둔 뒤 상하이로 여행 갔을 때 발견한 믿을 수 없을 만큼 맛있는 딤섬 전문점, 그리고 하루에 세 번이나 마주친 교통사고 이야기를 했다. 나는 어제 혼자 이노카시라 공원 부속 동물원으로 산책 갔다가 본 미국너구리 두 마리의 침울한 산보 이야기를 했다. 원형 공간의 가장자리를 따라 무한정 걷는 미국너구리는 아무리 가도 어디에도 다다르지 못한다. 짖지도 않고 그저 묵묵히 걷기만 할 뿐이다. 이따금 중앙에 마련된 높은 곳에 올라갔다가도 금세 내려와 침울한 행진으로 돌아간다.

미국너구리는 지금 뭘 하고 있을까.

그렇게 말하자 가나는 웃었다.

"미국너구리가 걱정돼?"

"응. 미국너구리는 이사할 필요는 없지만 아마 평생 거기서 못 나올 테지."

"다다시 씨, 이사하려면 힘들겠네."

"할 수 없지. 처음부터 알고 있었던 일이고."

우주인이 보면, 우주인이 아니라도 상관없지만, 냄비를 사이에 두고 마주 앉아 편안하게 이야기하는 우리는 완벽한 부부로 보일 것이다. 서로 응어리 없이 무방비한지는 별개로 치고.

입을 다물자 휴대용 가스레인지의 불 소리와 냄비가 나직이 보글보글 끓는 소리만 들렸다.

가나는 다소 빠른 속도로 사오싱주를 마셨다. 내일은 월요일이다.

# 12

개수를 다 마친 벽난로는 연기가 역류하는 일 없이 불이 잘 탔다.

"낮부터 때지는 마세요. 연기가 눈에 띄고 냄새도 나니까 빨래가 더러워졌느니 냄새 나느니 이웃에서 당장 항의가 들어올 겁니다. 난로를 때려면 밤. 낮에 때려면 비나 눈 오는 날이 무난합니다."

가즈 씨가 그렇게 말해서 난로는 주말 밤에만 불을 피우기로 했다.

뜻밖이라고 할지, 유감이었던 것은 후미가 벽난로를 피한다는 사실이었다. 석유난로 곁에는 아무렇지도 않게 드러누워 수염과 꼬리, 팔다리는 물론 배까지 편안하게 뻗으면서 벽난로 앞으로는 다가오려 하지도 않았다.

장작 타는 소리가 무서운 건지, 졸참나무 타는 냄새가 마음에 안 드는 건지, 코를 벌름거리며 의아한 표정을 지었다. 벽난로를 향해 비스듬히 놓은 한스 베그너의 일인용 소파에 다소 시무룩하게 앉아 있는 정도가 고작이었다. 게다가 어느새 사라지고 없다. 난로 가리개를 놓으면 달라질까. 소노다 씨, 가즈 씨와 의논해보기로 했다.

벽난로를 써서 생긴 가장 큰 효용은 주말마다 가나가 불을 피우러 온다는 것이었다.

"안녕. 난로에 불 때도 돼?"

현관을 열자마자 그렇게 말하며 서슴없이 안으로 들어왔다. 장작을 쌓고 신문을 뭉쳐 불을 피운다. 깜짝 놀라게 금방 장작에 불이 붙는다. 탁탁 불길이 피어오르는 소리가 나고 장작 냄새가 어이없을 만큼 확 퍼진다. 원래 익숙한 작업이었다곤 하지만 가나는 불 피우는 재능이 있는 것 같다.

아니, 솔직하게 말하자.

개수하기 전 벽난로에 가나가 내화벽돌을 쌓아 바닥을 높여서 불 피우는 데 성공한 일요일, 지금으로부터 이 주일 전 밤, 가나는 집에 가지 않았다.

우리 집에서 잤다.

그날 밤 이따금 난롯불에 눈을 주며 둘이서 만두전골을 먹었다. 누가 타이완에 다녀오면서 사다준 사오싱주를 따고, 장작 냄새를 맡으며, 위가 후끈하게 덥혀지는 것을 느끼는 사이에 예전에 함께했던 설경이 불현듯 되살아났다.

육칠 년 전 겨울 휴가로 디자인 사무소와 편집부의 뜻 맞는 이들이 뭉쳐 차를 운전해서 크로스컨트리 스키를 하러 갔다. 처음에는 망설였지만 가나도 참가한다는 말을 듣고 언제 그랬느냐는 듯 가기로 했다.

강사 역할을 맡은 수석 디자이너에게 부탁해서 같은 초보인 가나와 함께 진보 정의 스키 상점에서 필요한 장비 일습을 사고, 그 길로 메지로의 파타고니아 직영점까지 차로 이동해서 스키웨어도 샀다. 거대한 짐을 들고 돌아온 나를 보고 아내는 "당신은 진짜 모양새부터 갖추는구나"라며 어이없어했다. "계속해서 할지 안 할지도 모르는데 빌려 쓰면 되잖아."

그 뒤로 크로스컨트리 스키를 한 적이 없으니 헤어진 아내 말이 맞았을 것이다. 스키 장비 일습은 지금도 이 집 지하실 벽에 기대 세워져 있다. 하지만 파타고니아의 스키웨어는 도쿄에 폭

설이 쏟아졌을 때 눈 치는 용도로 몇 번 활용했다.

나와 가나는 수석 디자이너의 지도를 받고 산장으로 진입하는 숲길에서 연습했다. 오르막은 요령이 생기기 전까지는 자기 스키판을 밟기도 해서 애먹었지만, 완만한 내리막은 아주 쾌적했다. 스키판 바닥에 붙인 스킨이 잔잔하게 물결치는 감촉이 발바닥에 느껴졌다.

일찌감치 "좋아요, 이제 실제로 해보면서 연습할까요"라고 하기에 앞뒤로 경험자 사이에 낀 채 일렬로 출발했다. 가나는 내 앞에 섰다. 마쓰모토에서 어렸을 때부터 스키장에서 스키를 탄 가나는 순식간에 요령을 터득해 거침없이 나아갔다.

산 중턱에 있는 너도밤나무 숲을 구불구불 지나는 트레일을 천천히 내려가(참으로 즐거웠다), 게걸음으로 올라가(이건 아주 힘들었다), 겨우 다다른 곳은 너른 설원이었다.

여름철에는 고원 습지대로, 출입이 금지되는 지역이라 했다. 호수처럼 희고 평평한 공간이 가지가 앙상한 겨울 숲을 거느린 산에 둘러싸여 있고 거의 아무 소리도 들리지 않았다. 가나의 볼이 어린애처럼 발갰다.

멀리 떨어진 곳에 파우더를 뿌린 산호 같은, 잎이 지고 가지만 남은 구체형의 거목이 있었다. 다 같이 스키를 타고 가서 거목의

상고대가 올려다보이는 위치에 접이식 테이블과 의자를 폈다. 콜맨의 트윈버너를 세팅해 고오오 하는 불 소리를 들으며 김치 전골을 끓여 먹었다.

비록 돌아오는 길에 내가 운전하는 볼보가 구불구불한 산길의 헤어핀 커브에서 미끄러져 하마터면 꽁무니로 가드레일을 들이받을 뻔하는 사고는 있었지만, 이럭저럭 밤늦게 도쿄에 도착해서 제일 마지막 순서로 가나를 집까지 데려다주었다.

우리는 그 여행을 다녀온 지 얼마 안 돼서 한겨울의 도쿄에서 사귀기 시작했다.

먼 옛날 일처럼 느껴진다.

그런데 헤어졌을 가나와 지금 함께 전골을 먹고 있다.

서로의 마시는 속도를 의식하는 한편으로 알코올이 평소보다 다소 빨리 깊은 곳까지 도달하는 것을 감지했다. 크로스컨트리 스키를 탔을 때 앞에 선 가나가 이따금 돌아보며 내가 따라오고 있는지 확인했듯이, 가나는 내 상태를 살피며 서서히 속도를 높였다. 나도 발을 저어 비탈길을 올라가듯 마셨다. 이윽고 멀리 보이던 가나의 뒷모습이 가까이 다가와 가나의 숨소리가 들렸다. 술기운에 머리가 멍해도 가나의 목소리 톤, 가나의 희미한 체취에 대한 감각은 날카로워졌다.

나는 도중부터 다시 대학생으로 돌아간 기분이었다. 약간 올려다보듯 하는 가나의 흐리멍덩하게 풀린 눈을 보고, 빨간 스웨터에서 떨어져나와 내게 다가드는 듯한 목과 귀와 턱의 움직임을 보고, 가느다란 손가락이 조그만 잔을 들고 있는 것을 봤다. 내 시선에서 조심스러움이 사라지는 것을 알 수 있었다. 어떻게 보여도 상관없다고 생각하기 시작했을 때, 가나는 아무 맥락 없이 "있지, 듣고 있는 거야?"라며 내 팔을 살며시 눌렀다. 가나의 손바닥은 옛날부터 친밀함의 신호였다. 입을 벌릴 때마다 가나의 왼쪽 눈썹이 낫 모양으로 구부러졌다. 일상적으로 보는 작은 동물 같은 눈썹의 움직임.

부엌으로 가려고 일어선 가나가 휘청거리다가 넘어질 뻔하는 것을, 흡사 무대 위에서 벌어지는 일처럼 즉각 붙들었다. 가벼운 감촉은 기억에 있는 것이었다. 거기서부터는 우리 둘이 수도 없이 반복해온 일일 터였다. 다만 그게 아주 오래전 일처럼 느껴져서 순간 당혹감이 앞섰지만, 가나가 내 등에 팔과 손을 두르자 당혹감은 깨끗이 사라졌다.

우리는 오래 사귄 사이였다. 일단 그렇게 되고 나면 망설이지도, 살피지도 않는다. 우리 둘에게 남아 있던 기억이 잇따라 흘러넘쳤다. 우리에게는 신호도, 확인도, 승낙도 필요 없었다.

그로부터 이어진 나날에 나는 잘 마른 장작처럼 화르르 타올라 연기를 뿜었다. 온몸 구석구석이 행복했다.

창문을 열어 환기해도, 택배를 받아도, 자전거로 장을 보러 가도 행복했다. 욕실을 청소해도, 화장실을 청소해도, 일찍 일어나 쓰레기를 분리해서 내놓아도, 세면실 선반장에 머리를 박아도 행복했다. 우주인이 봤다면 혼자 사는 사람일수록 늘 웃는 얼굴인가 보다고 오해했을 것이다.

가나와 헤어지고, 아내와 헤어지고, 아들도 미국에서 돌아오지 않고, 이 오래된 집에서 홀로, 이대로 누구와도 멀게, 조용히 살아갈 줄 알았다. 가나는 근처에 살아도 먼 존재로 그곳에 있으면서, 늙어 병이 생긴 아버지와의 생활을 지켜나갈 줄 알았다.

혼자 사는 생활을 받아들일 마음의 준비는 집을 고치면서 조금씩 갖춰졌다. 남 앞에서는 도저히 할 수 없는 말이지만, 집은 내 마음이고 몸이기도 했다.

그러나 가나의 존재가 집보다 훨씬 크다는 것을 알았다.

히사히코에게는 필이라는 애인이 생겼다. 두 사람은 언젠가 헤어질지도 모른다. 하지만 지금 이 순간 두 사람은 서로를 필요로 하고, 함께 있는 데서 만족을 얻고 있다. 히사히코가 막연히 원했던 MBA는 필이 하는 일에 더욱 가까이 다가가기 위한 수단으로 바뀌어가고 있다. 필에게 히사히코는 몇 번째 애인일까. 히사히코에게 필과의 만남은 지금까지 한 경험과 어디가 비슷하고 어디가 다를까.

히사히코가 필과 헤어져 미국에서 일본으로 돌아오게 되더라도 필의 추억은 깊은 곳에 남아 있을 것이다. 둘이 함께 있는 시간과 경험이 결정적인 아픔을 남기는 일이 없기를 바랄 뿐이다.

소노다 씨는 십중팔구 사랑하는 사이인 적이 있는 니시야마 도루를 수십 년의 세월이 흐른 뒤 만나게 됐을 것이다. 니시야마 도루는 에이전트이기도 한 아내와 헤어졌나. 어떤 예기치 않은 계기로 두 사람이 다시 이어져 소노다 씨는 죽은 것이나 다름없었던 애인을 만나러 갔다. 그의 집에서 같이 며칠을 지냈는지도 모른다. 빅서를 여기저기 다니며 구경하고 그곳에서 가장 좋은 레스토랑에서 식사했을지도 모른다. 그건 다른 사람은 아무도 알 수 없는 둘만의 기억이다. 그러나 며칠을 함께 보낸 경험이 아득히 먼 옛날 풀린 단추를 도로 끼워주지는 못했다.

얼마 동안, 심지어 한 달 동안이라도 깊이 맺어져 있었다면 기억은 언제까지고 남는다. 말이 아니라 마음과 피부의 기억으로. 소노다 씨가 빅서에서 맛봤을지도 모르는 실망은 앞으로 어떤 흔적을 남길까. 두 사람이 행복했던 먼 과거의 기억이 서로의 몸

속 깊은 곳에 남아 있을 터라 해도.

어쨌거나 소노다 씨는 뭔가를 결심하고 귀국하기로 했다.

나는 가나와 다시 만났고, 그 계기가 된 집에서 봄까지 나가야 한다. 이 변화가 나와 가나의 관계에 어떤 그림자를 드리울까. 지금은 전혀 모르겠다.

적어도 이번 겨울 동안은 새로 고친 벽난로에 불을 피우고 되도록 둘이 함께 시간을 보내자. 그 이상 바랄 게 뭐가 있겠나.

가나가 처음으로 이 집에서 자고 아침 일찍 자기 집으로 돌아간 날.

다시 혼자가 돼서 하루를 보내고 혼자 잔 그날 밤. 나는 꿈을 꾸었다.

버너가 고장 난 열기구가 한없이 추락하기 시작했다. 모래주머니를 수도 없이 떨어뜨린 보람도 없이 지면이 발밑까지 닥쳐든 순간. 눈앞을 스쳐간 부전나비가 어느새 가나로 변하더니 순식간에 능숙한 솜씨로 버너를 고쳤다. 푸른 불길이 고오 하고 소리 내며 치솟자 열기구는 다시 부쩍부쩍 상승하기 시작했다. 수확이 끝나 풀 한 포기 보이지 않는 보리밭이 멀어져간다. 나는 가나에게 물었다. "어디 가는 거야?" 가나는 웃을 뿐 아무 말도 하지 않았다. 어느새 발치에 가나의 아버지가 무릎을 끌어안고 몸을 만 자세로 자고 있었다. 춥지 않도록 담요를 몇 겹으로 둘렀다. 이렇게 공기가 희박한 상공에 있어도 심장이 괜찮을까.

소변이 마려워 잠에서 깼다.

나는 더듬더듬 화장실로 갔다. 싸늘한 복도를 걸어 침대로 돌아오자 후미가 보이지 않았다.

"후미?" 대답도, 기척도 없다.

후미는 변덕스럽다. 나는 따뜻한 이불 속에서 다리를 뻗었다. 개운한 기분으로 다시 잠에 빠져드는 기쁨. 가나도 후미도 없지만 나는 행복한 기분이었다. 가나는 주말이면 다시 밤을 보내러 올 것이다. 후미도 차갑게 식은 몸 옆면을 내 가슴에 비비듯 하며 이불 속 깊이 파고들 게 틀림없다.

그 뒤로는 아침까지 꿈을 꾸지 않았다.

가나의 아버지는 안정되게 저공비행중이었다. 드문드문 정신이 흐려지는 상태가 더 악화되는 기미는 없었다. 그렇다고 눈에 띄게 개선됐다 할 정도도 아니었다. 전에는 능숙하게 소화했던 집안일도 모조리 가나에게 맡기고 있었다. 연로한 마음과 육체가 잃은 것을 단시간에 전부 되찾기는 불가능할 것이다.

그래도 병원이 아니라 집에 있어서 안심되는지, 가나가 우리 집에서 자도 아침식사 전까지만 돌아가면 혼자 잘 지내는 모양이다. 입원중에 혼란스러워했던 모습은 간데없었다. 비록 셋집이라도 집은 집인 것이다.

주말이면 가나는 저물녘에 목욕하고 나온 아버지에게 이른 저녁을 차려주고 설거지를 한 다음 양치하고 약 먹는 것까지 확인한다.

"저 나가는데 내일 아침 전에 올 거예요."

가나는 말한다.

"그래, 알았다."

아버지는 말한다.

부엌 식탁에 '저 나가요. 내일 아침 전에 와요. 가나(휴대전화는 1번을 누른다)'라고 메모를 남기고, 침대 옆 테이블에도 '가나에게 연락할 때는 휴대전화 1번을 누른다'는 메모를 놓아둔다. 가나의 아버지가 갖고 있는 휴대전화는 십중팔구 이미 생산이 중지됐을 간단한 노인용 전화기다. 가나는 자기 휴대전화의 충전 상태를 확인한 다음 토트백을 어깨에 메고 상수변 길을 걸어 우리 집으로 온다.

"괜찮은 거야?"라고 묻자 가나는 외출할 때 밟는 절차를 가르쳐주었다.

"그렇지만 아마 밤에 내가 없다는 걸 잊어버리고 주무시는 게 아닐까 해. 전에도 혼자 살던 분이니까."

가나는 말했다.

함께 시간을 보낸 12월 첫째 주 일요일. 집을 탐험하던 가나는 이층 헛방에서 조립식 크리스마스트리 상자를 발견했다.

"우리 이거 장식하자."

가나는 말했다.

아들이 고등학교 2학년 때까지 매년 장식했던 독일제 트리였다. 대학 입시가 있은 해에 꺼내지 않았다가 그 뒤로 한 번도 장식하지 않았다. 집에서 나올 때 내가 가져가겠다고 하고 이리로 운반했다.

벽난로 옆 장작을 쌓아놓은 앞쪽에 트리를 세우기로 했다. 각각 유래가 있는 장식품을 가나가 능숙하게 장식하는 모습을 지켜보았다.

"뭐 해? 다다시 씨도 거들어."

"응…… 장식을 참 잘한다 싶어서."

나는 장식품 중에서 웬 바람이 불었는지 아내가 딱 한 번 사왔던 것을 골라 트리 뒤쪽에 매달았다.

"균형 봐가면서 장식해야 해."

"……응."

"후미, 오늘도 없네."

그랬다. 가나가 집에 오면 후미는 대개 어디론가 가버렸다. 가나는 약간 유감인 것 같았지만 아무 말도 하지 않았다.

"전에도 말했는지 모르겠지만, 아버지도 참, 독실한 불교 신자도 아니면서 이렇게 말하지 뭐야. 불단이 있는 동안엔 크리스마스트리는 안 된다고. 그래서 옛날부터 우리 집에선 크리스마스를 축하한 적이 없었어. 바깥에선 아무렇지도 않게 크리스마스디너니 케이크니 좋다고 먹으면서. 이상하지?"

"그런가? 그건 그것대로 식견이 있는 걸지도 모르지."

가나가 사 온 작은 리스를 현관문에 다는 것으로 크리스마스 장식은 끝났다.

다음 날 아침 가나가 집에 가는 것을 어디서 기다린 것처럼 후미가 거실로 들어왔다. 얼마 동안 트리 여기저기에 코를 갖다 대고 냄새를 맡더니 관심 없다는 표정으로 석유난로 앞으로 이동했다. 그곳에서 잠시 무념무상이랄지, 얼빠진 얼굴로 멀거니 서 있다가 이윽고 평소의 후미 얼굴로 돌아와 눕더니 털을 고르기 시작했다. 내가 쳐다보기 때문인지 꼬리를 파닥거리면서.

크리스마스이브는 인쇄 전 최종교를 보내는 최종 시한이었다.

우리는 역 근처의 오래된 양식집 '오카자와'에서 이른 시간에 만났다. 사과와 건포도, 당근, 순무, 양상추, 물냉이가 기묘한 조합을 이루는 '크리스마스 샐러드'. 포타주. 간장과 마늘이 향긋한 '크리스마스 등심 스테이크'. 그리고 접시에 담은 밥. 나이프와 포크, 젓가락으로 먹었다.

어렸을 때 이세탄 '프티몽드'에서 먹는 양식이 제일 맛있는 음식이었던지라 나는 무척 만족했다. 가나는 좋을 것도 없고 싫을 것도 없다는 표정이었다. 이른 시간이라 그런지 노인이 많았다. 손자를 데리고 온 노부부도 있다. 나는 낡은 가죽 커버를 씌운 '오카자와' 메뉴판의 감촉이 좋았다.

술은 생략. 디저트는 쇼트케이크. 나는 커피를 고르고, 가나는 홍차를 주문했다. 가나는 "크림 말고 우유로 주세요"라고 말했다.

일어날 때 나는 얼마 전부터 생각했던 이야기를 가나에게 하기로 했다.

"설을 말이지, 우리 집 말고 가나 집에서 보낼까 하는데."

"왜?"

"왜라니…… 설에 가나 아버지를 혼자 계시게 할 순 없잖아."

"그래? 괜찮아."

"도둑 소리를 들은 뒤로 아직 한 번도 못 뵀고."

"그땐 아직 섬망이 심했을 때라서. ……미안."

"아니, 그런 이야기가 아니라."

가나는 잠깐 생각하는 표정을 지었다.

"내가 그 집에서 자고 가는 거 귀찮아?"

"아무리."

가나는 잠시 쳐다보더니 이내 만면에 웃음을 지었다.

가나는 아버지가 기다리는 집으로 돌아갔다. 나는 전철을 타고 회사로 돌아갔다.

흔들리는 전철 안에서 나는 가나가 우리 집에서 자고 가게 된 뒤로 얼마 동안 이어졌던 행복감이 어느새 썰물 빠지듯 자취를 감춘 것을 깨달았다. 나는 지금 진지한 표정일지도 모르겠다고 생각했다.

회사로 돌아오니 소노다 메아리 씨에게서 짧은 메일이 와 있었다. 3, 4월은 도쿄가 아직 추울 때니 하와이 친구 집에서 얼마 있다 가기로 했다고 쓰여 있었다. 새 집을 찾을 때까지 기다려주려는 소노다 씨의 배려일지도 몰랐다.

가나 부녀와 함께 산다면 그런 배려는 필요가 없어진다. 다소 발작적으로 그런 생각이 들었다. 그러지 않으면 공원 근처에서 단독주택을 찾기는 무리이니 그 지역을 떠날 수밖에 없다. 그곳을 떠나면 가나와도 헤어지게 될 것이다. 어디가 합선된 듯한 사고가 머릿속에 들러붙어 맴돌기에 나는 일단 생각하기를 그만두었다.

크리스마스트리 냄새를 맡는 후미 사진과 바닥에 방치한 목도리처럼 석유난로 앞에 망측한 모습으로 길게 누운 후미의 사진을 몇 개 골라 첨부해서 소노다 씨에게 메일을 보냈다.

연말은 눈 깜짝할 새에 지나갔다.

예전처럼 매일 아침까지 마시지는 않았지만 송년회에도 몇 번 나갔다. 친한 이들과의 송년회 자리에서도 생각은 다른 데 가 있었다. 이차는 전부 빠졌다.

떡은 조금 샀지만 설음식은 가나의 집에서 먹기로 한 터라 준비하지 않았다. 무 당근 초무침만은 만들어 가져가려고 미우라무와 교토 당근을 샀다.

섣달그믐에 먹는 국수는 가나와 우연히 재회했던 백화점 위층 국숫집에서 먹고 거기서 직접 가나의 집으로 갔다. 우리가 갔을 때 가나의 아버지는 소파에 앉아 NHK 7시 뉴스를 보고 있었다. 옆얼굴이 온화해 보였다.

"아버지, 오카다 씨예요. 제가 좋아하는 사람."

말이 채 끝나기도 전에 겸연쩍음을 감추려는 것처럼 웃었다.

"아버지가 쓰러졌을 때도 도움받았는데 기억 안 나세요?"

"그래요. 미안하군요. 고맙습니다."

"많이 건강해지신 것 같아서 안심했습니다."

"웬걸요, 자꾸 잊어버려서 말이죠. 난감합니다."

"저도 자주 잊어버립니다."

"아니죠, 당신은 젊으니까 잊어버리지 말고 꼭 기억하세요."

거실에 셋이 앉아 〈홍백 노래 대결〉을 봤다. 가나가 혼자 말하고 혼자 웃었다. 어색해지면 나는 귤을 까서 먹었다. 가나의 아버지는 9시 전에 옆 침실로 사라졌다. 가나는 내 옆으로 자리를 옮겨 내 팔에 손을 두르고 계속해서 텔레비전을 봤다. 〈홍백 노래 대결〉을 보는 게 몇 년 만일까.

〈가는 해 오는 해〉가 시작되고 오전 0시가 지나 작은 목소리로 "새해 복 많이 받으세요"라고 인사를 주고받았다. 가나의 집에서 나오자 멀리서 제야의 종소리가 들려왔다. 대문 앞 어둠 속에서 잠깐 키스했다.

저도 이 집에 살면 안 되겠느냐고 가나와 가나 아버지에게 말할 생각이었다. 가나와도 아직 상의하지 않았다. 그래도 겨울 휴가가 끝나기 전에 꼭 이야기해야 된다고 생각하고 있었다.

냉기가 뼛속까지 스미는 길을 걷는데 등골이 부르르 떨렸다. 추위 때문인지 아닌지 나도 잘 알 수 없었다.

## 13

새해를 엄숙하게 맞이하는 기분은 나이를 먹을수록 조금씩 느슨해지는 것 같다. 기쁨이 전혀 없지는 않지만 그렇게까지 들뜬 기분은 없다.

부모의 비호 아래 살던 초등학생 때부터 중학생 때까지가 정초 기분의 피크였다. 사십대 후반에 다다른 지금의 나보다 당시의 아버지가 훨씬 젊었다는 것을 깨닫고 놀랐다. 나보다 젊은 아버지가 설이면 가족 앞에서 기모노를 입은 것은 왜였을까. 아버지의 표정은 까맣게 잊어버렸으면서 버선의 청결한 하얀색 또는 감색이 유난스레 선명히 기억난다.

당시 도쿄는 설이 되면 인구가 절반은 줄지 않았을까 싶을 만큼 조용했다. 상점도 모조리 셔터를 내리고, 길에 다니는 사람도 많지 않고, 공기는 투명하고, 하늘의 푸른색도 깊었다. 마당에는 서릿발이 빽빽하게 앉았다. 걸으면 사박사박 소리가 났다.

이십몇 년 만에 혼자 살게 된 뒤 처음 맞이하는 연말연시는 내 초등학생 시절보다 더 전으로 세월을 거슬러 올라가는 이 집에서 맞게 됐다. 그래도 들뜬 기분은 되살아나지 않았다.

봄에 이사하려면 어차피 대청소를 할 테니 연말 청소는 최소한으로만 했다. 청소기를 돌리고 창유리를 닦고 욕실 타일을 닦고 끝.

그런데 슈퍼에서 장을 보던 30일 오후, 풍습과 미신에 유난히 밝았던 어머니의 말이 불현듯 떠올랐다. "설 장식을 하루 전에 하면 안 돼요."

빨려들듯 꽃집에 들어가 풀고사리도 포함해서 소나무 장식 일습을 사고 말았다. 헤어진 아내와는 내내 아파트에서 살았기 때문에 설 장식은 사본 적도 없는데.

집에 오자마자 대문 앞에서 뒤로 물러났다 앞으로 다가섰다 하며 어떻게 놓으면 보기 좋을까 궁리했다. 송진이 묻지 않게 목장갑을 끼고 설 장식을 달고 있는 나 자신이 조금 어이없었다. 내가 지금 뭘 하는 거지, 하고 조그맣게 중얼거렸다.

히사히코는 필과 어떤 크리스마스 휴가를 보내고 있을까. 1월 중순에 필과 함께 쓴 크리스마스카드가 배달됐다. 거실 창가의 촛대(17세기 네덜란드 물건일까)에서 고전적인 형태의 양초가 조용히 타고 있고 창유리에 촛불이 비치는 사진. 창밖은 황혼녘이다. 소노다 씨에게서는 산타클로스가 노를 저어 바다에 뜬 해달에게 리본 묶은 조개를 전해주는 카드가 왔다.

어느새 나타난 후미가 카, 카, 카, 카 하고 쉰 목소리로 내게 인사하고는 설 장식 쪽을 향해 코를 벌름거렸다. 바로 판정이 났는지 고개를 확 돌리더니, 이번에는 내게 다가와 몸과 꼬리를 정강이 언저리에 비비듯 왕복하며 목을 골골거렸다.

여느 때처럼 메이크 브레드를 시작한 후미는 황홀하게 실눈을 떴다. 어미 배 속과는 비슷하지도 않은 이런 차가운 땅바닥이라도 상관하지 않는다. 포근포근한 판타지만 있으면 딱딱하고 차가운 것도 보드랍고 따스하게 느껴지는 걸까.

이성을 원하는 계절이 오면 그런 식으로 냄새를 맡고 그런 식으로 움직인다. 이미 시작됐을 겨울철 발정기에 후미는 어떻게 반응할까. 아직까지는 묘한 울음소리를 들어보지 못했다.

목을 골골거리는 모습에 아직 앳된 느낌이 있었다. 이따금 옆얼굴에 나타나는 사려 깊은 표정에서는 어른티가 났다. 갑자기

의문이 찾아들었다. 그러고 보니 후미는 대체 몇 살일까. 새끼를 낳은 적은 있을까. 소노다 씨에게 새해 인사 메일을 보낼 때 후미의 나이를 물어봐야겠다.

후미에게 설은 고양이에게 금화우리말의 '돼지에 진주' 같은 뜻. 십중팔구 아무 의미도 없을 것이다. 인간인 내게 그리 명절 기분도 나지 않는 이 설에 어떤 의미가 있다면, 그건 가나와의 앞날에 관해서였다.

생각해보면 지금은 뭔가가 진행중일 뿐 어떤 결론이 난 것도 아니었다. 앞으로 어떻게 될지도 알 수 없다. 나는 진행중인 일에 새로운 움직임을 가하려 하고 있었다.

가나가 아버지와 동거하는 집에서 같이 살아도 되느냐고 묻는 것.

내 마음속에서는 모든 게 유기적으로 연결돼 있었다. 하지만 한 발짝 떨어져 생각하면 동거 제안은 책략처럼 들릴 가능성이 있었다. 둘이서 살자는 게 아니라 아버지까지 세트로 끼워 제안하는 게 비위를 맞추는 행동처럼 보이지는 않을까. 둘이서만 살자고 하면 아버지를 보살펴야 한다는 이유로 거절당할까봐 걱정하는 소심함이 비쳐 보이지는 않을까.

그래도……. 나는 스스로에게 반론을 제기했다. 지난 한 달 사이에 일어난 일은 누군가 줄거리를 쓴 사람이 있다고 생각할 수밖에 없었다. 모든 게 우리가 함께 살기 위한 필연이 아니었을까. 가나가 혼자서 겪고 있는 아버지의 간병이라는 현실을 생각할 때 동거 제안은 합리적인 해결안이 아닐까. 오십대를 눈앞에 둔 분별 있는 성인(물론 나 말이다)이라면 당연한 판단과 제안이라 할 수 있지 않을까.

나는 한숨을 쉬었다.

이렇게 말을 동원해서만 뭔가를 생각할 수 있는 인간은 정말이지 갑갑한 존재다. 고양이는 후각과 시각과 청각을 백 퍼센트 활용해 속에서 보내는 예스 또는 노 신호에 따라 그저 움직일 뿐인데.

설 명절 동안 가나는 아주 정성스러웠다.

목이 메지 않도록 아버지 몫의 떡은 사분의 일 크기로 잘라 떡국을 끓이고, 설음식 찬합에는 없었던, 아버지가 좋아한다는 죽순 조림과 신슈식 감자조림도 준비했다. 알이 작고 단 귤, 오부세의 밤 양갱까지 완벽하게 갖춰서 앞접시에 담아 "자, 드세요"라며 내밀었다.

가나의 아버지가 연말에 이발소에 갈 수 있었던 것도, 면도를 깨끗이 한 것도 가나 덕이었다.

하지만 착각하거나 틀리게 기억하는 일은 많이 줄어든 것 같았고, 거의 날마다 찾아오는 나를 웃는 얼굴로 "어서 와요"라고 맞아주게 됐다. 화장실에 갔다 와서 나를 보고 '어라?' 하는 표정이기에 "따님 친구인 오카다입니다"라고 하자, 생각난 것처럼 "아아"라고 하며 빙긋 웃었다. 가나는 짐짓 가벼운 말투로 "내 소중한 사람이에요"라고 말했다. 가나의 아버지는 그 이상 아무것도 묻지 않았다. 나를 호의적으로 받아들여주는 것 같았지만 가나와의 관계를 어떻게 생각하는지는 잘 알 수 없었다.

매번 어딘지 모르게 공중에 뜬 기분으로 상수변 밤길을 걸어 집에 가곤 했다.

집에 온 나를 후미가 맞아준다. 현관 앞에서 늦은 저녁밥을 먹고 나면 후미는 당연한 것처럼 집 안으로 들어왔다. 석유난로 앞에서 천천히 세수하는 모습을 바라보았다. 넌 어떻게 할래, 같이 갈래? 라고 속으로 물었다.

욕조의 온수기 스위치를 켰다. 벽난로에 불을 피울까 잠깐 생각했지만 조금 있으면 잘 시간이므로 포기했다. 기껏 있는 벽난로가 불기운이 없이 싸늘하게 식어 있다.

내가 이렇게 하자, 이렇게 하면 좋겠다고 생각하는 일을 가나에게 설명하기는 간단할 터였다. 그런데 기회를 찾지 못하는 사이에 혹시 내가 엉뚱한 생각을 하는 게 아닐까 괜한 불안이 부피를 늘려가고 있었다.

아무런 진전도 없는 채 설이 끝나려 하고 있었다.

찾아오는 손님도 없었고, 새해 첫 참배도 가지 않았다.

가나의 아버지는 몇 뭉치로 나뉘어 나온 두툼한 새해 첫 신문을 이 끝에서 저 끝까지 달팽이처럼 읽었다. 돋보기안경을 쓴 옆얼굴은 전보다 정신이 또렷해 보였다. 우리는 그 곁에서 둘이 함께 사 온 워시드 치즈와 오리고기 리예트, 줄기 건포도로 와인을 마시고, 멍하니 텔레비전을 보고, 귤을 먹고, 졸고, 교쿠로를 곁들여 우엉 찰떡과 붕어빵을 먹었다.

가나가 "이거 나야"라며 중학교 졸업앨범을 보여주었다. 탁구부였다는 것을 처음 알았다. 머리를 두 갈래로 묶은 앨범 속 가나는 볼이 약간 통통했다. 중학생 가나가 약간이지만 올려다보듯 하며 나를 보고 있었다. 이십 년도 더 전의 가나.

가나의 아버지가 습관대로 긴 낮잠을 자러 들어간 뒤, 내가 집에서 가져온 〈존과 메리〉 디브이디를 둘이서 봤다. 내가 아직 유치원생이던 1968년에 개봉한 영화다.

이 당시의 미아 패로를 특히 좋아했다. 프랭크 시내트라, 앙드레 프레빈 같은 훨씬 연상의 상대와 결혼, 이혼을 되풀이하던 때다. 약간 올려다보듯 하던 당시의 미아 패로라면 백전노장인 프랭크도 앙드레도 식은 죽 먹기였을 것이다.

영화는 이런 내용이다. 미아 패로가 연기하는 메리는 연상의 남자와의 불륜에 괴로워하고 있었다. 더스틴 호프먼이 분한 존은 모델 애인과 막 헤어진 건축기사. 두 사람은 젊은 남녀가 모이는 바에서 만나 술김에 하룻밤만의 관계를 맺는다. 두 사람은 존의 집 침대에서 깨어난다. 메리는 존의 집에서 한나절을 보내게 되고, 두 사람은 어색한 분위기 속에 서로를 탐색한다. 서로에게 이끌리면서도 작은 일로 다투고 메리가 떠난다. 이름도 전화번호도 모르는 메리를 존은 어떻게 찾아낼 것인가.

“이 둘, 어떻게 될 거 같아?”

영화가 끝나자 가나가 내 얼굴을 보며 물었다. 영화는 존과 메리가 재회해서 그 뒤 두 사람의 연애가 시작될 것이다 하는 데서 끝났다. 옆방에서 가나의 아버지가 코를 고는 낮고 불분명한 소리가 단속적으로 들려왔다.

“응? 어떻게 되다니? 그야 결혼……하지 않을까.”

“왜 그렇게 생각하는데?”

“그렇게 먼 길을 돌았는데 그래도 헤어질 수 없었으니까.”

"존은 생활 스타일이 확고하게 정해져 있잖아?"

건축기사인 존은 만인에게 이해를 받기는 어려울 듯한 미의식의 소유자로, 자신이 중요하게 여기는 것들이 확실한 사람이다. 여성 경험은 적지 않지만 약간 소심하다. 존처럼 대하기 까다로운 사람이 진짜 있지, 하는 생각이 들 만큼 더스틴 호프먼이 연기를 잘했다. 같은 해 〈미드나이트 카우보이〉에서 대조적인 역을 연기한 것을 생각하면, 이미 지나치게 완벽한 게 결점이었을지도 모르는, 빈틈을 찾아볼 수 없는 배우였다.

"그러게. 인테리어라든지, 케멕스 커피메이커라든지, 아침 점심 저녁 장르를 구분해서 듣는 음악이라든지."

"그렇게 우아한, 빈틈없는 생활에 여자가 끼어드는 건 쉽지 않아. 자기가 잡음이랄지, 이물이 되지 않을까 싶으니까. 연애에 푹 빠져 있을 수 있는 건 처음 석 달, 길어봤자 반년이잖아? 그 뒤로는 점점 냉정해져서 거기서부턴 서로가 상대방을 어떻게 인정하느냐야."

나는 아무 말도 하지 않았다.

"취향이 안 맞는 부분이 자꾸자꾸 발견돼서 존은 메리한테 진저리가 나지 않을까. 메리는 아무렇지 않아도."

"그건 그럴지도 모르지만, 존은 말이지, 바로 그 잡음을 좋아한다고 할지, 약간 신랄하게 지적하고 드는 메리라서 이끌린 게 아닐까. 그런 남자는 자기가 이뤄놓은 혼자만의 생활이 숨 막히게 느껴지는 부분도 있어서 어딘가에서 그걸 깨부수고 싶어지거든."

여기서 '나도'라며 이야기를 꺼내는 것도 가능했을지 모른다. 영화 속 두 사람의 앞날을 생각하는 사이에 우리 둘의 이야기로 흐르는 것은 갑작스러운 전개는 아니거니와 좋은 기회일지도 모른다.

그러나 나는 아무 말도 하지 못했다. 내가 입을 열려고 했을 때 가나가 느닷없이 다가와 자기 입으로 막았기 때문이다. 아버지의 코 고는 소리를 배경음악으로 우리는 키스를 했다.

지금 생각하면 가나는 정말로 내 입을 막으려고 했을지도 모른다.

설음식도 일본 과자도 귤도 깨끗이 없어지고 사흘간 계속된 가나의 집 방문은 맥없이 끝났다. 이렇게 해서 올해도 또 긴 한 해가 시작되고, 돌이켜보면 한순간이었다고 느껴질 짧은 한 해가 되어갈 것이다.

"월요일엔 병원에 모시고 가야지."

가나는 회사 첫 출근날 휴가를 내고 아버지와 함께 병원에 갈

예정이었다.

우리는 현관 앞에 서서 이야기했다.

"같이 안 가도 되겠어?"

"괜찮아. 택시 불러서 가서, 한 시간 동안 검사 세 개 받고, 한 시간 기다려서 진찰이랑 검사 결과 듣고, 그리고 약 타면 끝이야. 검사 결과 따라서 이 주 아니면 한 달 뒤에 또 오세요, 그럴 거야."

가나는 현관에 있어서 추운지 자신의 몸을 끌어안듯 하고 있었다.

"저 말이야……."

나는 그렇게 말했다가 나도 모르게 침을 삼켰다. 가나가 그 틈을 타서 입을 열었다.

"내일 저녁에 아버지 목욕하고 식사하시면 그쪽으로 갈게."

나는 어색하게 고개를 끄덕였다. 하고 싶은 말은 그게 아니었다. 나는 팔짱을 끼고 싶은 것을 참고 자세를 바로 했다.

"저기, 생각해봤는데…… 이대로 괜찮은가 해서."

"이대로라니, 나랑 아버지?"

"그것도 그렇고, 나랑 당신이 이대로 괜찮은가 해서."

가나는 나를 꼼짝 않고 쳐다보았다. 잠자코 뒷말을 기다리는 표정이었다.

“그러니까 뭐냐, 난 가능하면 같이 살고 싶거든. 물론 우리 둘이서만 살 순 없으니까, 그 뭐냐, 당신 아버지하고 셋이 사는 게 되는데.”

가나는 여전히 말이 없었다. 나는 현관 바닥에 섰고 가나는 마루 끝에 서 있었기 때문에 눈높이가 같아졌다. 그래서 가나는 올려다보듯 하지 않고 나를 똑바로 보고 있었다.

“여기서 같이 산다는 뜻이야?”

가나는 입을 열고는 자신을 끌어안고 있던 팔을 내렸다. 어렴풋이 가나 냄새가 났다.

“응…… 지금 상황에선 그렇게 되지 않을까.” 나는 팔짱을 끼며 말을 이었다. “아니, 물론 이 집은 당신하고 당신 아버지 집이니까, 두 사람이 괜찮다면 그러고 싶다는 뜻이지만.”

내 미적지근한 말투에 속으로 혀를 찼다. 어째서 좀 더 결연히, 시원스럽게 말하지 못하는 건가.

“그건” 가나가 살짝 올려다보듯 했다. “그건 다다시 씨가 진짜로 원하는 거야?”

진짜로 원하는 거야? 면전에서 그렇게 물으면 내 안에서 순간 뭔가가 먹통이 돼서 정지한다. 여자가 ‘진짜로’라고 묻는 순간

지구상 모든 남자는 분명히 있던 확신이 흔들리지 않을까. 대다수 남자는 본질적인 질문에 약한 것이다.

"진짜로…… 그래, 원해."

내 목소리는 명백히 힘을 잃고 파울플라이 같은 포물선을 그리며 어딘가에 떨어졌다. 아무도 가질 권리가 없는 공을 스태프가 주우러 간다.

"알았어. 생각해줘서 고마워." 가나가 손을 내밀었다. 키스가 아니고, 포옹도 아니고, 악수다. "나도 잘 생각해볼게." 어떻게 해석하면 좋을지 알 수 없는 온화한 웃음이었다.

"추운데 감기 안 걸리게 조심하고."

현관으로 나가는 내 등을 향해 가나가 말했다. 마치 누나나 동생이 하는 말처럼 들렸다.

그날 밤 내가 집에 돌아와도 후미가 나타나지 않았다. 이튿날 아침에도 나타나지 않았다. 무슨 일일까. 겨울철 발정기의 냄새와 울음소리에 끌려 어디 나갔을까. 집 주위에서 사료가 든 상자를 잘각잘각 흔들어도 밤은 어둡고 고요하고 추웠다.

후미가 사라진 대신 소노다 씨에게서 메일이 왔다.

오카다 다다시 씨께

새해 복 많이 받으세요.

크리스마스 휴가를 이용해서 아들 부부와 차로 카멜에 다녀왔어요. 벽난로가 있는 호텔이었어요. 룸서비스 담당자가 능숙하게 불을 피워주더군요. 도쿄 집에 데리고 가고 싶을 만큼 멋진 남자였답니다. 후후후.

도쿄는 추울 것 같네요. 벽난로는 활약하고 있나요? 후미도 새해를 잘 맞이했을까요.

후미 나이는 아마 열여섯 살쯤 됐을 거예요. 그러니 인간으로 치면 벌써 여든은 넘지 않았을까요. 마음 착한 할머니예요.

그렇지만 할머니론 안 보이죠? 고양이는 털로 덮여 있으니까 주름이 가려져서 안 보이는 거예요. 부럽기도 하죠.

좋은 한 해를 보내시길.

소노다 메아리

이불 속에 후미가 없으니 잠이 잘 오지 않았다. 발치도 차갑다. 잠이 오지 않는 머리에 현관 앞에 선 가나의 표정이 떠올랐다. 가나는 나와 함께 살기를 바라지 않는 게 아닐까. 그렇게 생각할 수밖에 없었다. 그래도 주말은 같이 보낸다. 대체 내게 뭘 바라는 걸까. 그리고 내가 **진짜로** 원하는 것이란 뭘까…….

소나무 장식을 해놓는 7일까지는 평온하게 시간이 흘렀다. 그 뒤로 봄까지 몇 달은 중간중간 숨만 가까스로 쉴 정도의 일들이 이어지게 된다.

# 14

일주일이 지나도 후미는 돌아오지 않았다.

토요일 아침, 겨울인데 괜찮겠지 하고 빨지 않았던 침대 시트를 벗기려고 보니, 목 오는 위치에서 발 오는 위치까지 '짐승 길'이 남아 있었다. 방 안에 들어오는 것을 한번 허락했더니 그 뒤로 당연하다는 얼굴로 들어오게 된 후미는, 밤늦게 나타나 발치까지 파고들었다가 얼마 지나면 겨드랑이 밑 언저리로 돌아왔다. 그리고 내 가슴에 턱을 얹었다가, 머리를 밀어붙였다가, 달짝지근한 탄내가 나는 손을 내 얼굴을 향해 뻗었다가 하다가 이윽고 잠이 들곤 했다.

후미가 자던 부분이 희미하게 때가 타 있었다. 자세히 보자 가는 붓에서 빠진 것 같은 후미의 털이 시트의 하얀 파도 사이에 흩어져 떠 있었다.

후미는 어디로 갔을까.

단서가 없나 동네를 여기저기 돌아다녔다. 산울타리가 있으면 쭈그리고 앉아 들여다보며 고양이가 없는지 확인했다. 블록담장 위에서 볕을 쬐는 갈색 줄무늬 고양이에게도 "혹시 몰라?" 하고 물어봤다. 고양이는 눈부신 듯 눈을 가늘게 떴다가 다시 크게 뜨더니 무뚝뚝한, 따분한 기색이 역력한 소리로 울었다. 모른다는 소리인가.

공원 안도 뒤졌다. 공원 가장자리를 따라 한 바퀴 돌며 낙엽을 쓸어 모아놓은 곳, 덤불 뒤까지 살폈다. 연신 뭔가를 쪼는 염주비둘기가, 걱정이 들 만큼 태평하게 걷고 있었다. 늙은 고양이도 손쉽게 잡을 수 있을 것 같았다. 후미의 기척은 어디에도 없었다.

"어디 갔지?"

늦은 점심을 먹으러 온 가나가 걱정스레 말했다. 토마토소스 파스타, 콜리플라워와 앤초비 온야채 샐러드. 포크로 둘둘 말아 덥석덥석 먹는다. 가나는 경쾌하고 빠르고 맛있게 음식을 먹었다. 본인에게 말한 적은 한 번도 없지만 가나가 뭘 먹는 모습이 좋았다.

후미는 어디선가 배를 곯고 있지 않을까. 어쩐지 안타까운 기분이 들었다. 식욕이 없어서 붉은색 토마토소스로 했는데 여느 때보다 포크가 무겁게 느껴졌다.

"애인이랑 어디 다른 데로 이사 간 건 아닐까."

가나가 포크로 콜리플라워를 찍으며 말했다. 할머니인데 그럴리 없다 싶었지만 "으음…… 글쎄"라고 모호하게 대답했다.

멀리서 구급차 사이렌 소리가 들렸다.

다친 고양이가 구급차로 실려가는 일은…… 설마 없을 것이다. 어디서 다친 것을 누가 도와줘서 동물병원에 입원시키는 일이라면 있을지도 모른다. 아는 사람 중에 교통사고를 당한 고양이를 병원으로 데려가 치료를 받게 했다가 직접 키우기로 한 이도 있다. 그 가능성도 조금은 생각하고 있었다.

사이렌 소리가 다가왔다. 멀리서 또 한 대, 긴박한 소리가 뒤를 쫓듯 들려왔다. 무슨 일일까.

"구급차인가?"

"소방차 같은데. 불났나?"

바깥에서 말소리가 들려 우리는 먹던 접시를 그냥 두고 일어섰다.

현관으로 나오자 평소에는 조용한 주택가가 술렁이고 있었다.

일단 되는 대로 슬리퍼를 꿰고 나와본 듯한 사람들이 하늘을 올려다보거나 상수변 길을 급히 뛰어갔다. 그 너머에 검은 연기가 피어오르고 있었다.

화재다.

"우리 집 방향이야."

나는 서둘러 자전거를 꺼내 가나를 뒤에 태우고 출발했다. 심상치 않은 기세로 솟구치는 연기 속에 불티가 날리는 게 보였다. 단내와 시큼한 것도 같고 구린 것도 같은 냄새가 풍겼다. 내 허리에 두른 가나의 두 팔이 긴장한 것을 알 수 있었다.

상수변 길과 일반 도로가 교차하는 다리 어귀에 시동을 끄지 않은 소방차 여러 대가 빨갛게 늘어서 있었다. 소방관들이 끌고 간 굵은 소화 호스가 포장되지 않은 땅 위를 꿈틀거리며 불길과 연기를 향해 물을 뿜었다. 상수변 길은 거기서부터 통행 금지였다. 구경꾼들이 저마다 무슨 말을 하며 불길과 연기를 올려다보고 있었다. 탁탁탁 대나무 쪼개는 것 같은 소리가 들렸다.

"우리 집 같아요." 자전거에서 내린 가나가 화재 현장 쪽을 가리키며 소방관에게 말했다. "아버지가 집에 계실 거예요."

"성함과 나이, 주소가 어떻게 되죠?."

"스가와라 마사히로, 칠십오 세, 이노카시라……."

"위험하니까 여기서 기다리세요."

소방관이 큰 소리로 말했다. 나는 부축하듯 가나의 어깨에 팔을 둘렀다.

불이 난 곳은 옆집이었다.

가나의 아버지는 도로 건너 맞은편 집 주부가 알려줘서 일찌감치 가까운 교회로 대피한 덕에 무사했다. 다치거나 화상을 입은 데도 없었다. 가나가 가자 아버지는 방금 받은 코코아를 마시려는 참이었다. 가나를 보자 컵을 들지 않은 왼손을 들어 약간 올려다보듯 하며 여어, 하고 신호를 보냈다.

옆 목조 가옥에는 아흔 살 된 노파가 혼자 살고 있었다. 도우미가 가고 나서 혼자 남은 할머니가 점심 준비를 하려고 냄비를 불에 얹은 것을 잊어버린 모양이다. 시커멓게 탄 냄비에서 불이나 기름에 찌든 부엌 벽을 타고 올라가서 건조할 대로 건조한 목조 가옥을 모조리 태워버리기까지 그리 시간이 걸리지 않았다. 집 앞을 지나가다가 불이 난 것을 알아차리고 신고한 남자 고등학생이 현관문을 열자, 자욱한 연기 속에 할머니는 멍하니 큰 소리로 틀어놓은 텔레비전을 보고 있었다 한다.

불길이 치솟으면서 가나의 집 이층 북쪽에 불이 옮겨 붙었다.

불타서 약해진 부분에 세찬 물줄기를 뿜는 바람에 지붕의 일부가 벗겨지고 벽에 구멍이 났다. 실내에 쏟아진 대량의 물은 이층에서 폭포처럼 계단을 타고 쏟아져, 일층은 강이 범람한 것 같은 상태가 됐다. 불은 가나의 집 이상으로 번지지 못하고 꺼졌다.

가나와 가나의 아버지는 일단 우리 집으로 대피했다. 가나가 밥을 지어 주먹밥을 만들고 내가 된장국을 끓였다. 꼭 대피소에서 나눠주는 것 같은 저녁식사를 셋이서 조용히 먹었다.

가나의 아버지는 주먹밥을 한 입 베어 물더니 "마쓰모토엔 공습이 없었는데 왜 우리 집만 탄 거냐"라고 가나에게 말했다. 뺄셈을 해보니 전쟁이 끝난 해 가나의 아버지는 초등학교에 입학했을까 말까 하는 나이였다.

"공습이 아니라 화재가 난 거예요. 옆집에 불이 나서 우리 집도 같이 좀 탄 건데…… 수리하면 다시 살 수 있어요."

가나는 아버지를 안심시키려는 듯한 목소리로 그렇게 말했다. 아버지는 잠자코 주먹밥을 우물우물 먹었다.

먼저 목욕하게 하고 그사이 이층 서쪽 다다미방에 이부자리를 두 채 나란히 깔았다. 패널 히터를 가져와 스위치를 켰다.

가나의 아버지는 매우 피곤했던 게 틀림없다. 욕실에서 나와 자리에 눕자 금세 큰 소리로 코를 골기 시작했다.

"아버지가 깼다가 화장실을 못 찾으면 곤란하니까 나도 잘게. 잘 자요."

가나도 다다미방으로 들어갔다.

오전 중에는 생각지도 않았던 사태 속에 밤이 깊었다. 목욕을 하고 침대에 누워도 다다미방에서 무슨 소리가 나지는 않는지 신경 쓰여 좀처럼 잠을 이루지 못했다.

후미는 오늘도 모습을 보이지 않았다.

눈을 감자 연기와 불길이 생생하게 되살아나고 불이 활활 타는 소리가 들렸다.

이튿날 부동산 회사와 보험 회사에서 각각 담당자가 와서 가나를 만나고 갔다. 공사를 마칠 때까지 집세를 보상해주는 이야기도 나온 모양이다. 가즈 씨에게 연락해서 가나의 집 상태를 점검해달라고 부탁했다. 이층 북쪽 벽에 하늘을 올려다볼 수 있을 만큼 커다란 구멍이 있었다. 일층에 차 있던 물은 빠진 것처럼 보였지만 거실 카펫을 손가락으로 눌러보자 아직 물기를 듬뿍 머금고 있었다. 도저히 그냥 살 수 있는 상태가 아니었다.

가즈 씨가 "이 정도로 끝나서 다행입니다"라고 말했다. "현관문이 열려 있었던 덕에 호스로 쏜 물이 바로 밖으로 흘러나온 모양이군요. 계단하고 일층을 청소하고 도배를 새로 하고 왁스칠도 하고 북쪽 벽과 지붕을 수리하면 원래대로 될 겁니다. 겨울이라서 불이 났을지도 모르지만 공기가 건조한 겨울철이라 운이 좋았어요."

아니, 운이 좋았다는 건 말이 과할지도 모르겠지만, 이라며 가볍게 헛기침을 했다.

"장마철이었다면 순식간에 온 방에 곰팡이가 껴서 눈 뜨고 못 볼 지경이 됐을 겁니다. 곰팡이는 표면을 깨끗이 해도 틈새나 속까지 파고들기 때문에 고생하거든요."

가즈 씨는 다 타버린 옆집 터도 포함해서 현장의 사진을 다양한 각도에서 찍은 뒤 돌아갔다.

"밑져야 본전인데 바로 견적을 낼 테니까 부동산 회사에 보여주면 어떨까요. 정하는 사람은 집주인이겠지만, 우리가 하면 빨리 되고 금액도 얼마 안 나오는데요." 가즈 씨가 말했다. 떠나가는 그의 뒷모습이 그렇게 믿음직스러워 보인 적이 없었다.

불이 난 것을 일찍 알아차리고 가나의 아버지를 구해내준 대각선 맞은편 집에 양갱을 들고 인사하러 간 가나는, 화재로 집을 잃은 옆집 노파가 어제 밤늦게 신주쿠에 사는 아들 집으로 간 모양이라는 이야기를 듣고 왔다.

"자기가 불을 냈다는 것도 모를 거야. 가엾지."

나는 가나를 쳐다보았다. 혼자 살게 둔 아들을 비난하며 화를 내지도 않고, 그런 일이 있은 다음 날 그렇게 말할 수 있다는 게 뜻밖이었다. 나는 약간 당황해서 아는 척하는 소리밖에 하지 못했다.

"도쿄는 그런 집이 시시각각으로 늘고 있으니까 말이지. 고령화 사회가 화재로 이어질 줄은 생각도 못 했어."

"우리 아버지도 낮에는 혼자 있으니까 남 일이 아니야."

"괜찮아. 요새 가스레인지는 사고 방지 기능도 있고, 화재 탐지기도 부엌 천장에 붙어 있으니까."

가나도 나도 없는 평일 낮을, 데이케어를 이용하지 않고 어떻게 지내게 하느냐가 문제인 것은 틀림없었다. 집수리가 끝날 때까지 부녀가 우리 집 이층에서 살게 됐으니 가나 말대로 화재는 남 일이 아니다. 그 밖에 또 생각지도 못한 함정이 있는 게 아닐까.

가장 있을 법한 일은 넘어지거나 떨어지는 사고다. 가나의 집에 비해 계단은 가파르지 않고 난간도 있다. 하지만 그래도 넘어질 때는 넘어진다. 그것을 완벽하게 막을 방법은 존재하지 않는다.

이층에도 화장실은 있고, 가나의 아버지가 좋아하는 텔레비전은 가져다놓으면 된다. 낮에 산책하는 대신 계단을 오르내리는 정도는 하는 게 좋을지도 모른다. 텔레비전을 둘 다다미방에 침대를 넣고 그곳을 쓰게 하자. 소노다 씨가 귀국하지 않으면 이대로 셋이 같이 살 수도 있었겠다는 생각이 머리를 스쳤다.

가나에게 같이 살면 어떻겠느냐고 말한 게 바로 지난주였다. 대답을 듣기 전에 일이 이렇게 될 줄은 몰랐다. 가나는 이 사태를 어떻게 생각하고 있을까.

가나는 동거에 관해서는 아무 말도 하지 않은 채 꼭 필요한 일용품만을 챙겨 현관 앞에서 잇따라 내게 짐 상자를 건넸다. 가즈 씨가 잘 아는 시공업체에서 한나절 빌린 미니밴으로 두 차례 왕복했더니 짐 운반이 끝났다. 집이 가까우니 이렇게 일이 수월하다.

아는 사람 집에 신세를 질 예정이니 수리 기간 중 집세를 무료로 해주면 보상은 필요 없다는 가나의 제안이 주효했는지, 공사는 가장 빨리 견적서를 보낸 가즈 씨 아는 시공업체가 맡게 됐다. 집주인에게서 '위문품'이라고 쓴 유명 온천 입욕제 세트가 왔다.

가나의 아버지 방은 정해졌다. 나와 가나는 어떻게 해야 하나.

아버지가 쓰는 다다미방과 벽 하나를 사이에 둔 옆 침실에서 둘이 같이 자는 것은 아무리 그래도 무리일 것이다. 가나가 혼자서 이곳을 쓰고, 나는 동쪽에 떨어져 위치한 다다미방을 쓰기로 했다.

소노다 씨가 귀국하기 전에 공사는 분명히 끝난다고 가즈 씨가 말했다.

바꿔 말하면 가나와 가나 아버지와 나, 세 사람의 생활은 그 시점에서 끝날지도 모른다는 뜻이다.

나는 소노다 씨에게 사정을 설명하는 메일을 보내고, 추신으로 후미가 일주일 이상 집에 오지 않는다고 알렸다. 소노다 씨에게서 바로 답장이 왔다.

오카다 다다시 씨께

먼저 후미 이야기부터. 알려주셔서 고맙습니다.

수명이 다했을지도 몰라요. 오카다 씨가 걱정해주는 건 고맙지만, 수컷 꽁무니를 쫓거나 쫓기거나 할 나이는 아닐 테니까 제 나름대로 죽을 때가 된 걸 깨달았다 하는 일일지도 모릅니다. 부디 마음 쓰지 마시길. 혹시 쓸쓸하다면 있는 힘껏 쓸쓸함을 느껴주세요. 그럼 어디서 훌쩍 나타날지도 몰라요. 진짜로요.

화재 때문에 고생 많으셨겠어요. 남 일이 아니랍니다. 모처럼 벽난로를 고쳐주셨으니까 독거노인(이라고 한다죠? 기왕이면 동거노인이 나으려나)으로서 불을 어떻게 다룰지 잘 생각해보렵니다. 난로 가리개는 원하시는 대로 준비해주세요. 실비를 부담하겠습니다.

난 가나 씨를 모르지만, 다다시 씨의 소중한 걸프렌드죠? 집수리가 끝날 때까지 차분히 지내시면 좋겠네요. 이번 일을 기회로 세 분이 가족이 되면 어때요? 아유, 나도 참, 미안해요. 혹시 뜬금없는 소리였으면 노인네 헛소리라고 생각하고 용서해주세요.

나도 이제 슬슬 짐을 꾸려야 한다 싶지만, 그것과 별도로 하와이 여행 준비도 해야겠네요. 그럼 안녕히.

소노다 메아리

소노다 씨의 메일을 읽고 마음이 약간 놓였다. 두 번, 세 번 반복해서 읽는 사이에 소노다 씨까지 넷이 같이 살면 어떨까 하는, 망상이나 다름없는 생각까지 들었다. 서쪽 다다미방은 가나의 아버지, 침실은 나와 가나, 동쪽 다다미방은 소노다 씨가 쓰는 것이다. 소노다 씨도 이대로 혼자 살면, 언젠가는 정신이 흐려져 날짜를 모르게 되고, 신문을 읽을 기력도 잃고, 요리를 할 의욕도 없어지고, 청소도 빨래도 목욕도 귀찮아질지 모른다. 죽을 때는 어차피 혼자라도, 살아 있는 동안 사람은 혼자서는 살 수 없다. 가나의 아버지를 보고 그런 생각을 절실하게 했다.

온풍기 난방이 싫어서 대신 쓰던 석유난로는 일단 철거하기로 했다. 지진을 감지하거나 충격을 받았을 때 자동으로 꺼지는 타입이었지만, 불을 쓰는 이상 안심할 수 없다. 패널 히터를 인터넷으로 한 대 더 사고, 가나의 침실에 있던 석유난로도 치우기로 했다.

월요일은 오후에 회의가 있을 뿐이라 패널 히터가 배달되는 오전 중만 회사를 쉬었다.

석유난로는 지하실에 넣어두기로 했다. 정원 쪽 좁은 계단을 내려가 자물쇠를 열고 문을 밀자, 희미하게 곰팡내가 섞인 축축한 냄새가 코를 간질였다.

흐릿한 겨울 햇살이 콘크리트 바닥을 비추었다. 그곳에 둥그스름한 뭔가가 웅크린 모습이 보였다.

고양이다.

회갈색 줄무늬.

후미다.

잠이 들었는지 몸을 둥글게 말고 있었다.

나는 가벼운 현기증 같은 것과 동시에 순식간에 모든 것을 이해했다. 후미는 죽은 것이다.

후미에게서 눈을 떼지 않고 쭈그리고 앉아 손을 갖다댔다. 싸늘했다. 그래도 털의 감촉은 그대로였다.

왜 여기에 있었나.

두 손으로 후미를 안아 올리려고 했다. 둥글게 몸을 만 채 딱딱하게 굳어 있었다. 무게가 가벼워진 것처럼 느껴졌다.

지하실을 둘러보았다. 후미가 몸을 말고 있었던 것 말고는 딱히 달라진 것은 없었다. 피도 없고, 토한 흔적도 없었다.

잠겨 있던 지하실에 어떻게 들어왔을까.

수수께끼는 금세 풀렸다.

지하실 콘크리트 벽에 약간 조잡한 형태의 구멍이 나 있었다. 뭔가 공사를 할 때 낸 구멍일 것이다. 그 구멍으로 들여다보니 마루 밑 환기구의 창살이 빠져 있었다. 후미는 그곳을 통해 마루 밑으로 들어가 벽 구멍을 통과해 이곳으로 내려온 것이다.

무슨 이유로.

알 수 없다. 고양이는 사람 눈이 없는 곳에서 죽는다고들 하지만.

고통스럽게 죽었다면 낮잠을 자는 듯한 모양새로 몸을 말고 있었을까.

실수로 들어왔다 해도 나가고 싶으면 나갈 수 있을 터였다.

이 이상 생각해봤자 소용없다. 후미는 죽었다. 죽을 것을 알고 여기로 왔나. 모르겠다.

어디서 훌쩍 나타날지도 몰라요, 라고 소노다 씨가 메일에 쓴 다음 날 이렇게 후미가 나타난 것도 우연이 아닌 것 같았다.

나는 출근한 가나에게도, 샌타바버라에 있는 소노다 씨에게도 연락하지 않은 채, 이층에서 텔레비전을 보는 가나의 아버지에게도 말하지 않고, 후미의 무덤을 만들기로 했다.

정원 구석에 후미가 곧잘 다니던 길이 있는데 그곳에 자그마한 크기의 둥근 정원석이 있었다. 정원석은 언제나 곁을 지나다니는 후미를 봤을 것이다.

정원석 옆 볕이 잘 드는 위치에 후미를 묻기로 했다. 삽으로 땅을 깊이 팠다. 작년 가을, 하도 아름답기에 바구니에 넣어두었던 산벚나무와 계수나무 낙엽을 바닥에 깔고 그 위에 후미를 눕혔다.

후미와 함께 갖고 놀던 종이 공을 얼굴 근처에, 뻰질나게 물고 와서 이리저리 굴리며 놀던 연어 인형을 팔 근처에 놓았다.

흙을 덮어 두 손으로 꽉 눌러도 무덤은 약간 솟아 있었다. 후미의 몸뚱이 형태로.

따로 묘표를 세우지 않고 방으로 돌아왔다. 어렸을 때라면 '후미의 무덤'이라고 썼을까. 퇴근길에 꽃을 사오자.

손을 씻고 세수를 하고 가나 아버지의 점심식사를 준비했다.

볶음밥과 수프와 길게 채 썬 참마.

준비를 마치고 아래층에서 불렀다.

"아버님, 식사 됐는데요. 천천히 내려오세요."

아무리 기다려도 내려오지 않았다.

이층으로 올라가자 텔레비전이 꺼져 있었다.

가나의 아버지는 다다미방에 없었다. 다른 방에도 없었다. 화장실에도, 욕실에도 없었다. 급히 현관으로 가보자 신발이 없었다. 코트 걸이에도 코트가 걸려 있지 않았다. 나간 것이다.

후미가 **돌아온** 그날 가나의 아버지가 실종됐다.

세 시간 뒤 가나의 휴대전화로 연락이 왔다.

가나의 아버지는 나가노 현 마쓰모토 경찰서에서 보호하고 있었다. 혼자서 열차를 타고 나고 자란 도시로 돌아간 것이다. 그러나 살던 집은 자갈이 깔린 주차장으로 바뀌어 있었다.

가나와 나는 급히 열차를 타고 마쓰모토로 갔다.

# 15

술후 섬망은 회복됐지만 가나 아버지의 치매는 조금씩 진행됐던 모양이다.

옆집 화재 탓에 당분간 우리 집에서 생활하게 된 영향도 컸을 것이다. 가나의 아버지는 여기는 자기가 있을 곳이 아니라고 흐리멍덩한 머리로 느꼈던 것 같다. 물론 그건 옳다. 이곳은 심지어 '내 집'조차 아니고 이제 곧 귀국할 소노다 메아리 씨의 집이니까. 나도 5월이면 이 집에서 나가야 한다.

가나의 아버지는 집을 팔고 도쿄로 올라온 것을 어느새 까맣게 잊어버리고 혼자서 마쓰모토의 집, 이제는 **존재하지 않는 집**으로 돌아가려 했다. 신주쿠 역으로 가서 이럭저럭 표를 사고

'슈퍼 아즈사'호에 탔다. 마쓰모토 역에서 버스를 타고 기억 속에 남아 있는 정거장에서 내렸다. 주류 상점을 표지 삼아 모퉁이를 돌아 집이 있을 골목으로 들어섰다.

그런데 아무리 걸어도 집이 나오지 않았다. 매각하고 얼마 안 돼서 철거하고 자갈을 깐 주차장을 만들었으니 나올 리 없었다. 영하 5도의 날씨에 모자도 쓰지 않고 장갑도, 목도리도 하지 않고 얇은 코트 차림으로 왔다 갔다 하는 가나의 아버지를, 안면이 있는 이웃 주민이 발견했다. 말을 걸어보니 상태가 이상하기에 파출소에 연락해준 것이다.

가나가 지갑에 넣어둔 연락처 메모가 도움이 됐다. 데리러 온 가나를 보고 가나의 아버지는 하얗게 질린 얼굴로 "이상하구나"라고 말했다. "집을 못 찾겠다."

불안과 겸연쩍음에 말수가 줄어든 가나의 아버지를 데리고 우리는 '슈퍼 아즈사'호 막차를 탔다.

"마쓰모토가 꽤 멀어졌구나."

열차 안에서 가나의 아버지가 입을 연 것은 그 한 번뿐이었다. 가나는 "피곤하시죠?"라며 토트백에 챙겨온 무릎 담요를 아버지에게 덮어주었다. 아버지는 오 분도 안 돼서 졸기 시작했다.

아무리 정신이 흐려도 이 작지 않은 몸뚱이는 이렇게 살아 있는 것이다. 귀 가까이 허연 수염이 꺼끌꺼끌하게 남은 가나 아버지의 밋밋하고 창백한 얼굴을 보며 그런 생각을 했다.

오기쿠보 역을 통과할 때 멍하니 플랫폼을 바라보는데, 순간 전처가 보였다. 잘못 볼 리가 없었다. 기억에 있는 백을 팔에 걸고 있었다. 남자와 함께 있었다. 나란히 계단을 내려간다. 양복을 입고 체격이 딱 벌어진 처음 보는 남자였다. 맞은편 자리에서 가나는 깊이 잠들어 있었다.

11시 넘어 집에 도착했다.

세 사람 중 누구에게도 자기 집이라고 할 수 없을 집일 텐데, 따스한 느낌의 백열등을 켜고 방에 들어가니 마음이 놓였다. 가나의 아버지가 마음이 놓였는지 아닌지는 알 수 없다. 가나는 어떨까. 적어도 나는 셋이서 집에 돌아왔다는 사실에 안도했다. 가나의 아버지를 소파에 앉히고 서둘러 발 씻을 물을 준비한 가나는 요양 보호사처럼 능숙하게 아버지 수발을 들었다. 그리고 내게 "잘 자. 고마워"라고 말한 다음 휘청휘청 걷는 아버지를 데리고 이층으로 올라갔다.

임시로 이 집에 머무는 동안 가나는 한 번도 내 방에 들어오지 않았다. 빨래도 따로 했고, 장을 함께 보러 갔을 때도 영수증의 작은 글씨를 뚫어지게 쳐다보며 세세하게 계산했다. 저러다 전기, 수도, 가스 요금까지 머릿수대로 나눠 내겠다고 하지 않을까 싶을 정도였다. 원래 계산에 약한 나는 가나가 주는 대로 일엔 단위까지 계산한 돈을 받아야 했다.

그런가 하면 집 안에서 엇갈려 지나칠 때 내 팔이며 등을 가볍게 두들긴다든지, 이따금 나를 올려다보듯 하며 소리 없이 웃기도 했다. 그렇다고 품에 안기지도 않는다. 이런 상태를 뭐라고 하더라.

반죽음 상태로 방치된 뱀.

따로 살 때가 훨씬 둘만의 시간이 있었다. 어쩌다가 이렇게 됐을까.

그렇다고 한밤중에 가나의 침실에 숨어들 수는 없다. 옆방에서 가나의 아버지가 자고 있다.

이 집은 어쨌거나 지금만은 내 집일 텐데 어느새 옴짝달싹할 수 없는 상태가 돼 있었다. 뭔가가, 어딘가가 잘못됐다. 이런 건 이상하지 않나…… 하고 머릿속으로 중얼거린들, 대체 누구에게 호소하면 된다는 말인가.

화재 소동 전에 가나에게 제안한 동거에 관해서도 반응다운 반응이 없었다. 감감무소식이다.

모든 게 공중에 뜬 상태. 정해지지 않은 문제들에 둘러싸여 있으면 머리에 부정적인 생각만 떠오른다.

우리는 원래 이혼이며 결혼을 선택하기 전에 헤어진 관계다. 여기서 왜 동거 이야기를 꺼내느냐고 의아하게 생각하는 편이 더 정상적인 판단, 정상적인 신경일지도 모른다. 가나의 아버지와 셋이 산다는 게 각자에게 정말로 좋은 일인가. 의심하기 시작하면 반증은 수두룩하게 나올 것이다.

애초에 무모한 제안이었던 게 아닐까 하는 의문이 들었다. 그렇다고 '잘못 생각했습니다' 하고 취소할 수도 없다. 가나가 어떤 대답을 내놓을 때까지 땅에 발을 붙이지 못한 채 기다리는 수밖에 없다.

그나저나 가나는 앞으로 어떻게 할 생각일까.

정각에 퇴근해 6시면 집에 돌아온다. 아버지의 식사를 차려 자신도 같이 먹는다. 병원에 검사를 받으러 가고 약국에서 처방된 약을 받는다. 집에서는 흐리멍덩한, 이따금 엉뚱한 이야기를 들어주고, 목욕물을 준비하고, 양치를 제대로 하는지 지켜보고, 옷 갈아입는 것을 거들고, 화장실에도 같이 가주고, 자리에 누운 것까지 확인하고 나서 불을 끈다. 자다가 일어나야 하는 일도 비일비재할 것이다.

삼십대 초반의 전도유망한 독신이지만 치매 걸린 아버지와 단둘이 살아가겠다. 그렇게 결심하고 하루하루를 살고 있다면 그건 어째서인가. 피를 나눈 부녀에게는 '어째서'라는 의문의 여지도 없는 걸까. 점점 알 수 없어졌다.

개미라면 더듬이를 맞대고, 개라면 서로 냄새를 맡고, 새라면 지저귀는 소리를 듣고 서로를 확인하고 판정할 것이다. 인간은 애초에 상대방이 무슨 생각을 하는지 알 수 없다. 키스를 했어도 잠자리를 함께했어도 알 수 없는 부분은 남는다. 말을 써서 생각하고 말을 써서 뜻을 전하게 되면서, 다시 말해 인간이 인간이라는 유별난 생물이 된 이래로, 전달될 게 전달되지 않게 됐다고 말할 수는 없을까. 말은 머릿속에서 멋대로 이야기를 지어내고 터무니없는 것을 상상하게 하고, 엉뚱한 해석을 하게 한다. 말을 초월한 직감도 있지만, 직감도 맞을 때가 있으면 틀릴 때도 있다.

아니, 모르겠다는 것은 내 입장에 맞춘 말일 것이다. 가나에게는 십중팔구 '이렇게 하는 게 좋다'라는 판단이 있을 것이다. 그 판단을 내게 알리지 않는 것은 나를 생각해서일까, 아니면 망설임 때문일까.

한편으로, 아버지와 함께 사는 모습을 가까이서 보고 있노라면 가나가 점차 내게서 멀어지는 듯 느껴지는 것도 사실이었다.

가나 아버지의 치매는 요새 확실하게 심해졌다. 오전 중에는 두 시간, 세 시간씩 신문을 읽는다. 뭘 어떻게 이해하고 있는지는 짐작도 할 수 없다. 의자에 앉은 채 조는 시간도 길다. 새로 처방된 약이 효과가 있는지 아닌지는 아직 알 수 없었다.

오후에 출근해도 되는 내가 회의나 미팅이 잡혀 있지 않는 한 가나 아버지의 식사 준비를 맡았다. 우동을 좋아한다는 것을 알고 매일 다른 종류의 우동을 끓였다. 유부 우동, 카레 우동, 냄비 우동, 튀김 우동, 닭고기 우동. 가나 아버지와 마주 앉아 묵묵히 우동을 먹는다. 설거지를 하고 나서 화상을 입지 않도록 약간 식힌 호지차를 보온병에 넣고, 테이블 위 커다란 칠기 그릇에 만주와 쌀과자를 적당히 담아놓고, "그럼 전 다녀오겠습니다"라 하고 나온다. "다녀와요" 하고 묘하게 밝고 큰 목소리가 내 등을 향해 날아온다. "가나 씨가 돌아올 때까지 나가시면 안 돼요." 나는 돌아보고 말한다.

일주일에 두 번 오는 도우미에게 부탁해서, 가끔씩 밖에 나가고 싶어하는 가나의 아버지를 데리고 장을 보러 가서 가나가 메모해놓은 것을 사오게 했다. 가나의 아버지는 자기 빨래를 의젓한 동작으로 세탁기에 넣고, 스위치를 누르고, 세탁이 끝나기를 기다린다. 도우미는 그동안 발 씻을 물을 준비해주고, 마지막으로 빨래를 너는 것까지 도와준다. 도우미가 마음에 드는 가나 아버지는 기분 좋게 시키는 대로 한다.

도우미가 간 뒤나 내가 출근한 뒤 집에 혼자 남은 가나의 아버지는 무엇을 하고 무엇을 생각하며 시간을 보낼까. 그저 가나가 오기만을 기다리지는 않을 것이다. 예전에는 즐겨 봤다는 텔레비전도 이제는 보는 것 같지 않았다. 약간 가슴이 아프고, 어딘지 모르게 우스꽝스럽고, 울적하다.

연소와 진화 작업으로 구멍이 난 가나의 집 보수 공사는 예정대로 끝났다. 가나와 가나의 아버지는 약 이 주 만에 집으로 돌아갔다. 나는 또 혼자가 됐다.

조금 안도하는 나 자신을 깨달았다. 동거 제안에 가나가 반응을 보이지 않는 것에 대해서도 반쯤은 체념한 것을 알아차린 양 가나가 전화했다.

“옆집이 매물로 나왔어.”

들뜬 목소리였다.

“옆집?”

“불탄 집 땅.”

눈 깜짝할 새에 깨끗이 정리된 집터는 간단한 나무 말뚝을 박고 로프를 둘러놓아 비바람에 노출된 채 검은 땅을 내보이고 있었다. 버려진 것 같은, 힘없이 고개를 떨군 것 같은 광경이었다. 탄내가 아직 남아 있는 듯 느껴지는 것은 아마 착각일 것이다.

집을 잃은 노인은 노인 요양원에 들어갔다고 했다. 신주쿠 구에 사는 아들 부부는 노인 요양원의 입소 비용과 매달 인출되는 돈이 꽤 큰 금액이라 토지를 처분하기로 한 모양이다. 사정을 잘 아는 대각선 맞은편 집 주부에게서 들은 이야기였다.

"거기에 집을 지으면 어때?"

가나는 무릎 담요라도 권하듯 간단하게 그런 말을 했다. 나는 어떻게 반응을 보이면 좋을지 몰라 얼마 동안 침묵했다.

"서른 평 좀 안 되니까 좁긴 하지만 집을 짓기엔 충분한 넓이야."

"아무리 좁아도…… 이 부근이면 값이 꽤 될 텐데."

"꼭 그렇지도 않아. 다다시 씨 같은 고소득자는 살 수 있지 않을까?"

"이거 봐, 예전처럼 출판사에서 돈 많이 주던 시절은 끝났다고."

디자인 사무소에 있을 때, 즉 나와 사귈 때 가나는 내 봉급을 듣고 분개한 적이 있었다.

"그렇지만 회사에서 대출해주잖아."

"저금리 대출 제도 말이야? 그거 없어졌어."

전화를 일단 끊자 오 분도 안 돼서 가나가 숨을 몰아쉬며 왔다. 가나는 해맑고 명랑한 눈빛으로 나를 보더니 입을 열었다.

"괜찮지 않아? 어때?"

"옆에 집을 지으란 건…… 무슨 뜻이지?"

가나는 내 시선을 침착하게 받아냈다.

"같이 사는 것보다 그 편이 더 나을 것 같아. 아버지랑 내가 사는 집에 다다시 씨가 들어오는 건 쉽지 않고, 아버지도 불편할 테고."

뭐라 말을 이을지 생각하듯 잠시 미묘한 침묵이 흘렀다.

"……나도 그럴지도 모르고."

가나는 눈을 내리깔더니 금세 웃음을 되찾았다.

"역시 피차 마음 편한 쪽이 좋을 것 같아. 아버지도 앞으로 더 손이 가게 될 건 확실하고 말이야. 언제까지 아버지랑 같이 살 수 있을진 모르지만 다다시 씨한테 계속 이것저것 부탁할 순 없잖아."

"손이 가게 되면 한 사람 손보다 두 사람 손이 더 수월할 텐데."

"글쎄. 점심으로 우동만 끓여드리면 되는 게 아니게 될 텐데."

그렇게 말하더니 가나는 내 손을 잡았다.

"……미안. 그런 뜻이 아니라 우동은 아주 고마웠지만 좀 더 복잡한 이야기야. 나도 잘 설명을 못 하겠어."

지금은 이 이상 발을 들여놓지 않는 게 좋다고 귓가에서 목소리가 상냥하게 속삭였다. 언젠가 이 어두운 숲 어귀로 돌아올 때가 있을지도 모른다. 표시로 빵 부스러기만 뿌려놓자. 가나는 진지한 표정이었다.

"옆집에 사는 정도가 오래 갈 것 같고, 그리고."

잠자코 손만 잡고 있는 내게 가나는 올려다보듯 하며 말을 이었다.

"나도 다다시 씨의 우아한 집에서 지내는 시간을 따로 떼어놓는 편이…… 훨씬 더 도움이 될 거야."

토요일 오후였다. 예정보다 두 달이나 앞당겨 별안간 소노다 씨가 귀국했다.

"놀라지 마세요. 나 지금 나리타예요. 하와이로 가서 당분간 있을 예정이었는데, 하와이에 사는 친구가 검사를 받으러 입원하게 됐지 뭐예요. 그동안 일주일만 도쿄에 돌아와서 봄 이후의 준비를 할까 해서요. 후미의 무덤도 보고 싶고요."

'후미'라고 말하는 목소리에 특별한 느낌이 있었다. 소노다 씨는 큰 짐을 호텔에 맡기고 곧바로 이 집으로 왔다. 팔에 건 가죽 토트백은 헤어진 아내가 이세탄 일층에서 멈춰 서서 뚫어지게 보던 것과 비슷했다. 공기가 건조하고 햇빛이 눈부신 서부 연안에서 들고 다니는 편이 더 어울릴 듯한 밝은 홍당무색 백.

소노다 씨는 집 안을 둘러보고 다니며 새로 고친 모습에 연신 감탄하고 내게 찬사를 보냈다.

"나이를 먹었다고 주변을 정리하고 예금 통장이랑 눈싸움을 벌이면서 겁내며 살면 재미없죠. 이 집도 당신이 손을 봐줘서 이렇게 밝고 쾌적하게 되살아났잖아요. 비용 때문에 벌벌 떨지 않고 관리를 제대로 해주는 게 중요한 일이에요. 늙었다고 한탄해봤자 뭐가 되겠어요."

홍차를 준비하는 동안, 후미의 무덤이 있는 정원으로 나간 소노다 씨는 쭈그리고 앉아 얼마 동안 합장했다. 나는 소노다 씨의 등을 바라보고 있었다.

주전자가 삐 하고 요란하게 울었다. 이 소리가 나면 후미는 귀를 뒤로 접으며 싫어했다.

"홍차 드시죠. 다나카의 슈크림도 있습니다."

나는 정원에 우두커니 선 소노다 씨의 뒷모습을 향해 말을 걸었다. 전에 가르쳐준 가게로 자전거를 타고 가서 사 왔다. 소노다 씨는 "어머나, 좋아라"라며 금세 환한 표정을 되찾고 방으로 들어왔다.

"후미는 정말 착한 애였어요."

소노다 씨가 밀크티를 한 모금 마시고 말했다. 얼굴을 들자 눈에 눈물이 맺혀 있었다.

"늘 기분이 좋아선 아무 데서나 메이크 브레드를 하고요. 마지막에 당신이 돌봐줘서 후미는 행복했을 거예요. 고마워요."

아뇨, 라고 하는데 콧속이 시큰했다. 허둥지둥 뜨거운 홍차를 마셨다.

"이제 당신의 킹덤 오브 소로는 더 쓸쓸해지겠네요. 괜찮겠어요?"

처음 만난 날 소노다 씨를 엄청난 괴짜라고 생각했는데, 지금은 전혀 그런 생각이 들지 않았다. 동지라는 말이 불현듯 떠올랐다.

"혼자가 마음이 편하니까요."

가나가 한 말이 그대로 입에서 나왔다.

"진짜 그렇게 생각해요?"

약지에 묻은 크림을 핥고 나서 소노다 씨는 나를 꿰뚫어보는 듯한 얼굴로 말했다.

그러더니 벽에 걸린 그림 두 점을 물끄러미 쳐다보았다. 감정이 읽히지 않는 표정이었다.

"메일로도 말했지만 그림은 당신 줄게요. 어려울 때 팔아 써요. 그럭저럭 괜찮은 값에 팔 수 있지 않을까 싶네요. 이상한 그림이라도 마지막으로 어딘가에 쓰이면 좋겠어요."

나는 머리를 숙였다.

"고맙습니다. 전 이 그림 좋아했기 때문에 기쁩니다."

소노다 씨는 약간 놀란 눈빛을 보였으나 이내 잠자코 미소를 지었다.

"이 근방 땅은 값이 떨어지지 않으니까 빚내서 저금한다고 생각하면 추천할 만합니다."

우리는 서른 평 넓이의 공터 앞에 서서 이야기하고 있었다. 가즈 씨가 추천하지 않아도 나는 이미 땅을 구입할 생각이었다. 시티 은행에 묻어놓은 달러화 예금으로 계약금을 낼 수 있을 것이다. 언젠가 퇴직금도 나온다. 그림을 팔지 않아도 이럭저럭 될 것 같았다. 그림을 처분할 마음은 도무지 나지 않았다.

“집을 짓게 되면 현관에서 휠체어 타고 바로 들어갈 수 있고 화장실, 욕실은 물론 모든 방을 휠체어로 오갈 수 있게 하고 싶은데요.”

“부모님 때문에요?”

“아니, 누구 때문이라기보다 앞으로 살 집은 어쨌거나 그렇게 해두는 편이 좋을 것 같아서 말입니다. 최종적으로는 날 위해서겠죠.”

“그러려면 복도도 그런대로 넓어야 하고, 높낮이 차가 없으면 밋밋한 인상을 주기 쉬운데 말이죠…… 벽난로는 어떻게 하시겠습니까?”

“그건 물론. 아니, 열효율을 생각하면 장작 난로가 좋으려나요.”

가장 중요한 문제를 잊어버릴 뻔했다.

“또 하나, 이층 남쪽 창문을 옆집 북쪽 창문하고 맞춰주세요.”

가즈 씨가 의아한 표정을 지었다. 나는 아랑곳하지 않고 가나의 집 북쪽 창문을 올려다보며 말을 이었다.

“옛날 일본 영화에 이웃집 아주머니가 담장 너머, 창문 너머로 말을 거는 장면이 있잖아요? 그런 식으로 했으면 합니다.”

가즈 씨는 계속 의아한 표정이었다.

창문 너머로 대화를 나눌 상대는 물론 가나다.

아니.

나는 멈춰 서듯 다시 생각했다.

그래서는 언제까지고 타인이다.

그런 관계로 만족할 생각인가.

가나와 함께 밥을 먹고, 함께 자고, 시시한 이야기를 하며 함께 웃고 싶다. 나이를 먹어서 정신이 흐려질 때까지. 아니, 흐려진 뒤로도.

외톨이가 된 류 지슈오즈 야스지로 영화에서 주연을 맡은 남자배우에게 "쓸쓸하시겠어요" 하고 창 너머로 인사하는 것은 친절한 이웃집 아주머니 아닌가.

그 역할에 가나를 놓으면 어떻게 하나.

몇 번이고 가나와 이야기하자. 집이 완성되고 나서도 늦지 않다. 우아하다는 말은 이제 그만 듣고 싶다.

Matsuie Masashi

옮긴이 **권영주**

서울대학교 외교학과를 졸업하고 동 대학원에서 영문학을 전공했다. 무라카미 하루키의 《애프터 다크》《오자와 세이지 씨와 음악을 이야기하다》, 미야베 미유키의 《벚꽃, 다시 벚꽃》《세상의 봄》, 온다 리쿠의 《나와 춤을》《유지니아》 등을 우리말로 옮겼으며 《삼월의 붉은 구렁을》로 2015년 일본 고단샤에서 수여하는 제20회 노마문예번역상을 수상했다. 그밖에 《빙과》《전쟁터의 요리사들》《항구 마을 식당》《다다미 넉 장 반 세계일주》 등 다수의 일본문학은 물론 《데이먼 러니언》《어두운 거울 속에》 등 영미권 작품도 활발히 소개하고 있다.

**우아한지 어떤지 모르는** 블랙&화이트 074

**1판 1쇄 발행** 2018년 3월 6일 **1판 6쇄 발행** 2023년 11월 10일

**지은이** 마쓰이에 마사시 **옮긴이** 권영주
**펴낸이** 고세규
**편집** 장선정 **디자인** 윤석진

**발행처** 김영사
**주소** 경기도 파주시 문발로 197(문발동) 우편번호 10881
**등록** 1979년 5월 17일 (제406-2003-036호)
**구입 문의 전화** 031)955-3100 **팩스** 031)955-3111
**편집부 전화** 02)3668-3295 **팩스** 02)745-4827 **전자우편** literature@gimmyoung.com
**블로그** blog.naver.com/viche_books
**트위터** @vichebook **인스타그램** @drviche
**ISBN 978-89-349-8042-1 03830** 책값은 뒤표지에 있습니다.

비채는 김영사의 문학 브랜드입니다.